ベリーズ文庫

冷徹富豪のＣＥＯは純真秘書に甘美な溺愛を放つ

若菜モモ

STARTS
スターツ出版株式会社

目次

冷徹富豪のCEOは純真秘書に甘美な溺愛を放つ

冷徹富豪のＣＥＯは
純真秘書に甘美な溺愛を放つ

一、突然のお見合い話

「いってきます」

「お姉ちゃん、いってらっしゃい」

私、栗花落沙耶《つゆりさや》はパンプスに足を通し、古い引き戸の玄関のドアを開けようとして振り返った。

顔を向けた先に妹・亜理紗《ありさ》が立っている。築五十年が経っている借家はどこからかすきま風が入ってきて暖房をつけていても寒く、亜理紗は量販店で買ったダウンコートを羽織っている。

「亜理紗、ちゃんとお昼ご飯食べてね」

「お姉ちゃん、私をいつまでも小学生扱いしてない？　もう十八なのに」

「してないしてない。明後日からいよいよ入試でしょ。勉強に集中しすぎて食べることを忘れるんじゃないかと思っただけよ。コンロの火を使うときは気をつけてね」

亡くなった父も物事に集中すると、食事を抜くこともあった。

「あー、もう。やっぱり子ども扱いしてる」

「ふふっ。じゃあ、いってきます」

「はーい。いってらっしゃーい。気をつけてね。お姉ちゃん、ドジだから」

笑顔の亜理紗は手を振って私を送り出す。

引き戸のドアを閉めると、内側から鍵をかける音が聞こえた。

「ううっ、寒い」

サックスブルーのコートの上に巻いた、カシミヤ風の白のマフラーを首もとにたぐり寄せながら、駅に向かった。

亜理紗は小さい頃から獣医師になりたいと言っていた。難関大学で経済学部の教授をしていた父の頭脳と性格を受け継いでいるので、きっと合格して、将来は優秀な獣医になれるだろう。

父は私が十五歳のとき肺がんで亡くなった。当時父は五十六歳、母は四十歳だった。

三年後に母は再婚し、家を出ていった。再婚相手の男性にも前妻との子どもがふたりいて、これ以上家族を増やしたくないと夫に言われ、母は私たちを父方の祖母に託して去ったのだ。私が十八歳のときで妹は十一歳。まだまだ母を恋しがる年齢だった。

老齢の祖母は中央区《ちゅうおうく》月島《つきしま》の借家に住み、近くでもんじゃ焼きのお店をやっていた。

私たち姉妹を家に迎えてくれた祖母はとても優しく、亜理紗はのびのびと育った。

再婚した母は最初の年は毎月五万円を口座に振り込んでくれていたが、二年目になるとぷっつり途絶えた。詳しくはわからないが、父の遺産は母が持っていってしまったと祖母が言っていた。

私は奨学金制度を利用して進学した私立女子大学を今から約三年前に卒業し、無事に就職できた。ようやく祖母を少しは楽にしてあげられると思っていたのに、去年のある日、脳梗塞で亡くなってしまった。突然の出来事だった。

それ以来、妹とふたり支え合いながら、私の収入で生活をしている。

亜理紗の志望校は北海道《ほっかいどう》の私立大学獣医学部で、六年間の学費は千三百万かかる。寮費や生活費も必要だ。亜理紗は奨学金制度を利用してアルバイトで生活費を稼ぐと言うが、卒業してから返済が待っている。千三百万はかなりの大金だ。

私は社会人三年目で外資系企業に勤めているものの、自分の奨学金の返済と、妹を養っているので貯金はほとんどない。祖母の貯金も多くはなく、毎月の支出で足りないぶんの補填として少しずつ切り崩しており、まもなく底をつきそうだ。

家賃は安くて助かっているけれど、土地開発で五月を期限に立ち退かなくてはならない。

問題は山積みだが、悩んでいても仕方ない。亜理紗なら合格して、将来きっと立派な獣医師になるだろう。そのために寮費や生活費は私の給料からなんとか捻出し、授業料を奨学金で賄う形で進めるしかないと、考えを整理した。

六本木《ろっぽんぎ》駅に到着し、地下鉄と連結している四十階建ての商業施設にあるオフィスビルへ向かう。

私はドイツの高級外車メーカーである『株式会社フォーレンハイト』日本支社の秘書課に勤めている。

一流大学出身ではない私が、世界中に展開している大企業に合格できたことに、教授でさえも驚愕した。入社したいという強い思いで必死に勉強をし、何十回と面接の模擬練習をしたおかげだろうか。

高級外車のフォーレンハイトは全国に正規販売店があり、最高の製品、品質向上、世界中に愛されるブランド力をスローガンにしている。

わが社はこのビルの三十階から四十階にオフィスを構えており、一階には正規販売店のショールームがある。そこにはラグジュアリーなラインナップの高級外車が展示されている。

セキュリティをＩＤカードで通り、十基あるエレベーターホールで最上階にだけ止まるエレベーターに乗った。

四十階の最上階は重役フロアで、私たち秘書課のオフィスもこの階にある。

就業時間は九時から十八時。部署によってはフレックスタイム制も導入されているが、重役たちはこの時間と決まっており、よって秘書たちもその時間になる。

各重役の秘書は重役の執務室ではなくオフィスを使っているが、日本支社のCEOの第一秘書である池田元哉《いけだもとや》さんだけは、CEOのオフィスにデスクがある。

私は去年の四月、CEOの第二秘書に抜擢され、それ以来スケジュール管理やほかの部署との連絡、書類の用意や整理をしている。

榊征司《さかきせいじ》CEOは三年前、三十歳の若さでドイツ本社から赴任しており、フォーレンハイトの創業者一族の御曹司だ。

彼の祖父はドイツの名門で育ち、不動産や銀行も経営する巨大グループ企業のCEO、叔父は不動産会社の取締役社長、親族も系列会社の重役を務めている華麗なる一族だと聞いている。ドイツ人の祖父は日本人と結婚し、その娘も日本人と結婚して生まれたのが榊CEO、よって彼はクウォーターだ。

創業者一族の出身で約束された地位ではあるが、榊CEOは切れる頭脳と行動力、奇抜なアイデアの持ち主であり、ドイツにいる祖父に一目置かれる存在らしい。

これは直接本人から聞いたわけではなく、噂なのだが。
オフィスに入ったのは八時で、まだ誰もいない。
自宅から近いこともあるし、秘書課の中で私が一番年下なので、入社したときから
この時間の出社があたり前になっていた。
木曜日の今日は、出張していた榊CEOが十三時過ぎに戻ってくる。昨日の朝から
池田さんを同行させて、滋賀《しが》、京都《きょうと》、大阪《おおさか》と兵庫《ひょうご》の販売店を視察していた。
「沙耶さん、おはよ～。今日もかわいいんだから」
常務秘書をしているひとつ年上の堂本詩乃《どうもとうたの》さんが入室し、コートをかけてから隣の
デスクに腰を下ろしてにっこりする。
「詩乃さんっ、毎日毎日お世辞を言うのはやめてください」
フォーレンハイトでは立場や年齢にとらわれず対等に仕事ができるよう、ファース
トネームで呼び合うのが通例だ。そのため社内でフルネームはあまり意識されないが、
私の名字は珍しいのでたまに驚かれる。
ちなみに〝栗花落《つゆり》〟は、栗の花が落ちる時期が梅雨入りの季節であることが由来だ。
〝つゆいり〟から〝つゆり〟と訛って〝栗花落《つゆり》〟の漢字があてられたと言われている。
由来や響きが綺麗《きれい》なので、自分の名字がとても好きだ。

「お世辞じゃないって。沙耶さんはぎゅうって抱きしめたくなるくらいかわいいわ」

詩乃さんは女性に恋愛感情があるわけではなく、幼なじみの御曹司と婚約している。

「沙耶さんの髪はふわふわさらさらで指を通したくなるし、ぱっちりと大きな目は引き込まれそうだし、華奢で庇護欲が湧いちゃうのよね。しかも信じられないくらい真面目」

「そこまでにしてください。課長がもう少しで来ますから」

「もーっ、照れちゃって」

「毎度のことなので、からかわれるのはもう慣れました」

肩甲骨より長い艶のある黒髪ときりっとした目、そしてパンツスーツがよく似合うスレンダーなスタイルをしている詩乃さんは、私とは正反対の容姿をしている。

「榊CEOは今日の午後の戻りよね？」

「そうです」

「沙耶さんは池田さんの下でよく務められていると思うわ。あの人、自分にも部下にも厳しいもの。おまけに榊CEOも完璧主義者だし」

「私みたいなまだまだな未熟者が合っているんだと思います。頼みやすいですし」

「沙耶さん、自分を卑下しちゃだめよ。使えない人を第二秘書にしないわ」

「だといいのですが……」

見た目はほんわかしているけれど、自分ではシャキッと江戸《えど》っ子気質であると思っている。

あっという間に昼になり、詩乃さんと外のカフェでランチをしてすぐ仕事に戻った。

明日の会議資料を見直していると池田さんから【あと五分で到着します。コーヒーをお願いします】とメッセージが届いたので隣の給湯室へ向かう。

「さてと、豆……」

棚から榊CEO好みの最高級豆を選んで、外国製のマシンにセットをしてスイッチを押す。あとは待つだけだ。

榊CEO専用の黒いタンブラーにたっぷり入ったコーヒーの香りに笑みを深め、蓋をする。彼の好みはブラックだ。

トレイにのせて、一番奥の執務室へ足を運ぶ。連絡をもらったとき五分で着くとあったので、もう戻っているはずだ。

執務室のドアをノックして入室する。

「失礼いたします」

榊CEOの執務室は四十畳くらいの広さで、入口の右側に腰板の上からガラス張りになっている四畳半くらいのスペースがある。そこは池田さんの仕事場だ。

個室になっているのは、電話や雑音などで榊CEOの仕事の邪魔をしないようにだろう。

窓の近くにプレジデントデスクが置かれ、中央に白のラグジュアリーなソファセットが鎮座している。

すでにデスクに着き、池田さんと話をしている榊CEOがいた。

癖のない漆黒の髪と大きくて目力を感じる黒い瞳、日本人離れした顔はヨーロッパの彫刻を思わせるほど陰影が深くまさに造形美。

身長は百八十五センチあると聞いており、スタイルがよくパリコレに出ている国際的なモデルのよう。〝イケメン〟の表現ではまったく足りないほどの美麗な男性だ。

デスクへ進み出て一礼する。

「おかえりなさいませ。出張おつかれさまでした」

「沙耶さん、ただいま」

榊CEOもファーストネームで社員を呼ぶ。自分も同様に名前で声がけしてほしいと常々言われているものの、恐れ多くて皆できていない。

「お留守中、とくに緊急の案件はありませんでした。そちらにご連絡をいただいたリストを置いています」

「ありがとう。さっそくだが、月曜十時から販売実績報告及びメディア対応についてのリモート会議をすると、都内販売店の支店長全員に連絡してくれ」

「かしこまりました。それでは失礼いたします」

お辞儀をして執務室から退出する。

重厚なドアを静かに閉めて、ホッとため息を漏らした。

第二秘書として働き始めてすでに八カ月経ったというのに、まだ榊ＣＥＯの美貌に慣れずドキドキしてしまう。


十八時に終業後、ビルを出たところでスマホを取り出し、亜理紗にこれから帰るとメッセージを作っていたら突然電話が着信した。父の親友だった増田《ますだ》さんだ。

大手食品製造会社『増田コーポレーション』の代表取締役で、たしかもうすぐ七十歳になると記憶している。奥様は一昨年病気で他界した。

増田さんは祖母が生きていた頃、もんじゃ店にときどき食べに来ては、私と妹にお土産やお小遣いを渡してくれた。

今でも時折電話をくれて、不自由はないか尋ねてくれる。

「もしもし？　沙耶です」

《沙耶ちゃん、もう会社を出てしまったかな？　六本木にいるんだが、君に話があってね》

話？

「ちょうどビルを出たところです。一時間くらいなら……」

《ではさっと食事をしながら話そうか》

増田さんはここから五分ほどの高級寿司店の名前を伝えてくる。

「わかりました」

通話を切ってから、亜理紗に軽く食事を済ませて帰るとメッセージを打った。

指定された寿司店へ行くと、恰幅のいい増田さんはカウンターの端に座っていた。コートを脱ぎ、女将に案内されて増田さんのもとへ行く。彼は小さく笑みを浮かべてこちらを見ている。

「沙耶ちゃん、急で悪かったね」

「いいえ。ご無沙汰しています」

「座りなさい。すっかり社会人になったね。わが社に来てもらいたかったが、フォーレンハイトならうちは足もとにも及ばないからね」

軽く話しながら増田さんに苦手なネタを聞かれ、なんでも食べられる旨を伝えると大将にお任せで頼んでくれた。亜理紗の分のお土産もオーダーに加えた増田さんに、心からお礼を伝える。

握り寿司が置かれ、増田さんに食べるように勧められて口にする。お寿司のおいしさに浸っていると、「沙耶ちゃん」と真面目な声で話しかけられた。

「うちの三男と見合いをしてみないかね？」

「え……？」

増田さんのお子さんたちには会ったことがないが、息子が三人いるのは聞いている。皆、増田コーポレーションで働いているという。

「長男と次男は結婚しているんだが、三男の祐輔《ゆうすけ》は三十にもなるのにまだなんだよ。沙耶ちゃんと一緒になってくれたら私はうれしい。高志《たかし》にも君たちのことを頼まれていたからね」

そこで増田さんは緑茶をすする。

「父が亡くなった後も、増田さんには充分に気を使っていただきました。祖母も生前はとてもありがたく思っていましたし、私も、亜理紗も感謝しています」

「いやいや、身内同然だからね。それで沙耶ちゃん、会うだけでもどうだろうか？」

「増田さん……」

突然の話に困惑しかない。私がお見合い……？

「親ながら、なかなかかっこいいと思うんだ。わが社の上海《シャンハイ》事業本部の本部長をしている。恵比寿《えびす》にマンションの持ち家もあるし、財産も。君に苦労はかけないよ。沙耶ちゃんに結婚を決めた男性がいなければ、ぜひ考えてほしい」

増田さんはポケットからスマホを取り出して、息子さんの画像を出す。増田さんの言う通りなかなか素敵な人だとは思う。

私は恋人に対して見た目よりも性格を重視しているが、そもそもこの年になって交際経験がまったくないので、自分の理想など考えたこともなかった。

日々、仕事と亜理紗のことで追われているせいね。

いつかは幸せな家庭を築きたいという思いはあるけれど、普段の生活の中に未来の結婚相手に巡り合うきっかけは皆無。この話が出会いのひとつであるのは確か。

「どうかな……？」

今までいろいろと気をかけてくれていた増田さんは、理想の優しい舅《しゅうと》になるのは想像できる。

「……では、会ってみたいと思います」

ここで無下に断っても申し訳ない。会って話をしてみて、合わなかったらお断りすればいい。

「本当かね！」

増田さんはしわのある顔をほころばせた。

その週の土曜と日曜、亜理紗はついに入試本番を迎え、その翌週の土曜日に私は増田さんの息子さんと会うことが決まった。

増田さんからは、ふたりだけで会う気軽なお見合いだからと、湾岸エリアの高級ホテルのフレンチレストランで会うように連絡をもらった。

当日、淡いピンクと白のツイードのツーピースを着てメイクをしていると、鏡に映る亜理紗が首をかしげている。

「お姉ちゃん、恋人でもできた？」

「え？　できてないよ」

「でも、いつもより念入りにメイクしているし」

「実は、増田さんから息子さんに会ってみないかと言われたの」

反応が心配で、チークのブラシを持ったまま振り返って妹を見遣る。彼女は一瞬ポカンとして、口を開いた。

「それって、お見合い……？」

「まあそんなとこ」

「そっか。増田のおじさんの息子さんなら素敵な人かもね。私が北海道へ行っちゃったらお姉ちゃんはひとりになっちゃうし、二十五歳になって恋人がいないって言うのもね。ちょっと心配してたんだよ」

賛成してくれているとわかって、亜理紗の言葉に胸をなで下ろす。

「まあ気軽な気持ちで会ってみるわ。亜理紗は、バイトだったよね？」

「うん。夕方からよ」

彼女は豊洲《とよす》のショッピングモール内にある衣類の量販店でアルバイトをしている。受験勉強のため去年の秋から休みをもらっていたが、入試が終わりまたアルバイトに励みだした。

以前、増田さんから海外出張のお土産だと言ってプレゼントされたブランドのバッグにメイクポーチをしまい、出勤にも着ているブラウンのコートを羽織る。

「じゃあ、戸締まりよろしくね」

「楽しんできてね」

亜理紗に送り出されて家を出た。

電車に揺られながら、緊張感に襲われていた。

亜理紗の言う通り素敵な人だったらいいな。お付き合いして、好きになったら、毎日が楽しいだろう。

そんなふうに考えたことはなかったのに、やはり亜理紗と離れ離れになると思うとセンチメンタルになっているようだ。入試の自己採点では満足のいくものだったと言っていたので、彼女が北海道へ行くのはほぼ決定のはず。

ホテルに到着してエレベーターで三十九階へ向かう。

目あてのフレンチレストランはすぐにわかり、入口に立っているレストランスタッフに増田の名前で予約をしていると告げると、テーブルに案内される。

そこに見合い相手の姿はなかった。まだ約束の五分前だ。

窓側の席に腰を下ろす。冬の凪でキラキラ光る海が見え、点在する貨物船や気持ちよさそうに飛ぶ鳥を数える。そうでもしなければドキドキして落ち着かないのだ。

約束の十二時になっても彼の姿はない。遅刻か……。

でも、車で向かっているとしたら道路が混んでいるのかもしれないし……と考える。

それから十五分経ってもまだ姿が見えない。もしかしたら、親に言われたお見合いだから気が進まなくて、すっぽかされたのかも。

あと十五分待って来なかったら、食事をして帰ろう。なにも食べずに出るなんてレストランに申し訳ないし。

増田さんから連絡があるかもしれないとスマホをいじっていると、突として目の前の椅子が乱暴に引かれた。

ビクッとして顔を上げた先に、寿司屋で増田さんに見せてもらった画像の男性が座っていた。いきなりの登場に驚きながら、手に持っていたスマホをバッグにしまう。

彼はあのときの写真より髪は長めで色が明るい。着ている服はブランドに疎い私でもわかるロゴが大きく入ったブルゾンと赤と黒の幾何学模様のシャツで、フレンチレストランの落ち着いた雰囲気にはなじまない派手な姿に絶句する。

「君が親父のお気に入りの沙耶？」

初対面で呼び捨てにされて面食らう。それにお気に入りってどういう意味だろう。

「……はじめまして。栗花落《つゆり》沙耶です」

「あー、名字変わっているよな？　栗の花が落ちるで、つゆりって。俺は祐輔」

大好きな名字をよく思われなかったように感じて、憂鬱になってきた。

優しい増田さんとは全然似ていない。目鼻立ちははっきりしていて、モテる部類に入るだろうけれど。

「腹減ったな」

彼は手を上げてレストランスタッフを呼ぶ。

私になにが食べたいかは聞かずに、祐輔さんは「一番高いコースを持ってきて」とオーダーする。

彼の飲み物はノンアルコールビールで、そのときだけ私に尋ねた。産地直送のりんごジュースがおいしそうなのでそれを告げると、レストランスタッフが立ち去った。

「でさ、さっそくなんだけど」

お見合いの本題に入ったのだと、背筋が伸びる。

「俺は君と結婚したいと思っている」

え……？　まだお互いについてなにも知らないのに？

キョトンとなる私に、祐輔さんは肩をすくめる。

「沙耶が妻になれば、親父も口うるさく言わなくなるからな」

「どういう意味でしょうか……？」

「俺はまだひとりの女に縛られたくない。高級クラブで目にかけているホステスと遊ぶのもやめられないし、ほかの女もつまみ食いしたい」

祐輔さんの言葉に驚きすぎて二の句が継げない。

「ただ、今の状態だとチェックが厳しい。結婚したら俺は親父たちの前ではお前を愛しているふりをする。その陰で自由にさせてもらうから」

「その自由を黙認しろと言っているんですか？」

「ビンゴ！」

祐輔さんはグーにした親指を立てた。

「物わかりのいい女で助かるよ。お前も結婚できてうれしいだろ」

私が喜んで結婚すると思っていることに、あきれてしまう。

「どうして私が結婚すると思っているんですか？　仮面夫婦になるくらいなら、結婚なんてしません」

そこへアミューズが運ばれてきて口をつぐむ。

ひと口サイズの鮑と、サーモンの上にはキャビアが添えられている。おいしそうなのに、いっきに食欲が失せてしまった。

「なあ、親父から聞いてるけど、父親が亡くなって母親は再婚で娘たちを置いて出ていった。年老いた祖母がもんじゃ店の売り上げで姉妹を育てていたが、すでに亡くなっている。生活するのが精いっぱいなんだろ？　今の住まいも五月には立ち退くように大家から言われているらしいな」

すべて増田さんが知っている内容だ。とくに包み隠さず話をしていたし、力になってくれた親戚のおじさんみたいな人だったから。

「増田さんが、私がかわいそうだから結婚しろと言っているんですか？」

「そんな目くじら立てて怒るなよ。親父が話していたのは、お前はがんばり屋だってこと。奨学金で大学を出て、今はあのフォーレンハイトの秘書課にいるんだって？　俺の車もフォーレン２０００なんだ」

フォーレンハイト社でもかなり高級なタイプだ。

「妹はめちゃくちゃ頭がいいって？　獣医師を目指していると。獣医学部って学費がハンパないって聞いてるけど、彼女も奨学金で行くのか？」

「そのつもりです」

「おい、次の料理が出せなくて困っているぞ。早く食べろよ」

仕方なくキャビアがのったサーモンを口に入れる。

「妹は獣医師になってから高額な奨学金を返済していくのか。大変だよな～」

「仕方がありません」

「俺が言いたいのは、そこであきらめる必要はないってこと。俺と結婚すれば、毎年五百万やるよ。仕事を続けていればそこそこの金は貯まるし、妹も苦労せずに済む」

お金で私をつるなんて……。

「そうだな～五年後くらいなら、沙耶と子どもをつくって親父を喜ばせてもいいな。それまではお互い自由に暮らそうぜ。お前にはいいことづくめじゃないか？　住む家も家賃なしで恵比寿の駅前のタワマンで暮らせるんだ」

五年後に彼と子づくり？

「……私はあなたと子どもをつくる気はありません」

すでに嫌悪感をいだいている男に抱かれるなんて、想像しただけで無理だ。

「そんなぶった切っていいのかな～？　俺、うまいよ」

初対面の相手とこんな話をするとは思ってもみなかった。

「一週間考える時間をやるよ。スマホ、出して。番号交換しようぜ」

こんな話今すぐ断りたいのに、増田さんに深く聞かれたらどう答えればいいのかわからない。つまりは祐輔さんに直接連絡する必要があるわけで、私は渋々スマホをバッグから出して連絡先を交換した。

ロブスターや金目鯛とズワイ蟹のシャンパンソース、国産牛フィレ肉のグリルトリュフソースなど、普段では食べられない豪華な料理が出てきたが、どれも少し手をつけただけだった。

早々にデザートを食べ終えた祐輔さんが席を立つ。

「悪い話じゃないと思うけどな。妹を思うなら。会計は済ませておく。ゆっくり食べろよ。じゃあ」

私のデザートはまだ手つかずで、彼が立ち去った後もしばらく海を見ながら思案していた。

月曜日、出社する榊CEOのため、いつものようにコーヒーを入れ始めた。

彼は決まって八時四十五分に現れる。池田さんはそれよりも十五分早く来る。

榊CEOはこのビルの近くにある高級五つ星ホテルのレジデンス住まいで、通勤は十分もかからないとの情報だ。

コーヒーが入り、執務室へ赴く。ちなみに池田さんの好みは緑茶か紅茶で、しかもこだわりがあるので彼自身で入れている。

ドアをノックして入室すると、いつものように榊ＣＥＯは池田さんと話をしていた。

近づくと話が中断され、プレジデントデスクの上にタンブラーを置く。執務に邪魔な場所に置かないよう心がけている。

「おはようございます。コーヒーをどうぞ」

いつ見てもかっこよくて、心臓がドキドキする。もういい加減慣れなきゃおかしいのに。

「ありがとう。沙耶さん、今日のランチミーティングだが、ひとり分追加してくれる？」

「かしこまりました。それでは八人に変更しておきます。新たな出席者の方に連絡を入れておきますが？」

ポケットからメモ帳とボールペンを出したところで、榊ＣＥＯは首を左右に振る。

「出席者は君だよ」

「わ、私ですか？」

驚いて目を見開く。

「ああ。今後、池田の代わりに動くことも出てくるかもしれない。そのときのために出席して勉強をしてほしい」

「わかりました。勉強させていただきます。それでは失礼いたします」

お辞儀をして執務室を退出した。

はぁ〜びっくりした。ランチミーティングに私も出席するなんて……料理が喉を通るだろうか……。しかも出席者はフォーレンハイト日本支社の重鎮たちだ。

榊CEOは明日の夜からクアラルンプール、シンガポール、シドニーの支社へ飛ぶ。フォーレンハイト日本支社はアジア地区も統括しており、年に数回榊CEOが視察する。中国《ちゅうごく》の上海、香港《ホンコン》、韓国《かんこく》にも正規販売店があるが、今回はスケジュールの都合で次回になっている。

榊CEOが海外へ飛ぶのはプライベートジェットで、フライトスケジュールを作成するのは私の仕事だ。キャプテンと連絡を取り、時差なども考慮しなければならない。それに合わせて訪問先の支社への連絡など、スケジュール全体を調整する仕事を任されている。

デスクに着きパソコンのファイルから出張のデータを出して、最終確認をする。

「スケジュールを組むだけでも大変な作業よね」

詩乃さんが常務取締役の執務室から戻ってきて、私のパソコンを覗《のぞ》き込む。

「はい。不備があってはは申し訳ないので……」

「プライベートジェットって、乗ったらどんな気分なのかしら。機内は豪華で飛ぶスイートルームって噂よ」

「私も聞いたことがあります」

「沙耶さん、第二秘書なんだから、もしかしたら乗ることもこの先あるかもしれないわね」

「それはどうでしょうか……」

榊CEOに同行して出張している自分など、思い浮かべられなかった。

十時になるとこのビルの五階に入っている日本料理店『立花《たちばな》』に電話をかけ、ひとり分追加を頼む。

ランチミーティングのときは、毎回事前に食事場所へと赴き、座席の確認や不備がないかチェックしている。

十一時四十分になって席を立ちコートを羽織ったとき、秘書室に池田さんが現れた。

「栗花落《つゆり》さん、行きましょう」

「あ……すみません。私が先に行ってチェックをしなければならないのに」

「いいえ。まだ早い時間ですが、榊CEOが早めに行こうとおっしゃられたので」

タブレットとバッグを持って、池田さんの後に続く。

もっと早く出ればよかった……。

ふたりと一緒だとより緊張感が高まってしまう。

廊下へ出ると、榊CEOが颯爽とした足取りでこちらへやって来るところだった。

軽く会釈してからふたりの後に続き、エレベーターホールへ向かう。足早にふたりを追い越して呼出ボタンを押した。

すぐにエレベーターは到着し、再び会釈をして中の〝開〟のボタンを押すため先に入ろうとしたところで、歩を進めた榊CEOの体にぶつかってよろけてしまった。倒れそうになったところを榊CEOに瞬時、ウエストに腕を回されて免れる。強く抱きかかえられ、心臓が痛いくらいドクンと音を立てた。

「すまない。大丈夫か？」

「も、申し訳ありません！」

「いや、俺が悪い。すまなかった。池田にはそういう気遣いはやらなくていいと伝えてあるが、君には言い忘れていた」

謝る榊CEOに池田さんが口を開く。

「私が伝えるべきでした。申し訳ありません」

考えてみれば、いつも先回りして動いていたので、一緒のエレベーターに乗るのは初めてだった。

「乗って」

榊CEO自身がエレベーターのボタンを押して閉まらないようにしてくれている。

「は、はい。お先に失礼いたします」

エレベーターに歩を進め、五階を押したところで榊CEOと池田さんが乗った。

「沙耶さん、今日は議事録を取る必要はないから、気兼ねなく食事をしてくれ」

「……わかりました。ありがとうございます」

食事よりも議事録を取っていた方が、気が楽だと思う。私が発言することはないから、頭を働かせ聞きながら食べるしかない。長い一時間になりそうだ。


「ただいま戻りました」

秘書室に戻ってきたのは十三時十五分。詩乃さんは「おかえり〜」と言ってくれる。

「立花へ行ったんでしょう？　どうだった？　やっぱり最高においしいの？」

ランチでも一万円するので、私たちは食べに行ったことがない。夜は三万円からという恐ろしい値段だ。

「とてもおいしかったです。とはいえ、ずっと緊張感に襲われながらの食事だったので、よく味わえませんでした」

「それはそうよね。なんと言っても榊ＣＥＯと一緒なんだし、池田さんの目もあるものね。なにか失敗しようものなら後で指摘されるもの」

詩乃さんはいつも池田さんに辛辣だ。彼女の池田さん嫌いは、入社した当時『こんなこともわからないのか』と嫌みたらたらに言われたのがきっかけらしく、それ以来怖い存在のようだ。

「さてと、常務のところへ行ってくるわね」

彼女はタブレットと書類を抱えて、秘書室を出ていった。

私も出張スケジュールを榊ＣＥＯに持っていかなければならない。

あらかじめ池田さんにパソコンからスケジュールを送っているが、プリントアウトしたものをファイルに入れて、榊ＣＥＯの執務室に向かった。

「ただいま～」

家の中が静まり返っていて、今日は亜理紗がアルバイトだったことを思い出す。

「たこ焼き買ってきたのに……」

ときどき祖母の作ったもんじゃが食べたくなるが、近場のお店へ行けないときは駅前でたこ焼きを買ってくる。

亜理紗はたこ焼き八個だけでは足りないので、後でチャーハンを作るつもりだ。セーターとジーンズに着替えてからお茶を入れて、テレビの前のこたつに入る。

「はぁ〜、あったかい」

スマホでSNSをチェックしながらたこ焼きを食べ始める。

大学時代の友人が、ハワイで行った結婚式の写真をアップしていた。来月、会費制の披露パーティーに招かれたけれど断ろう。

お見合いの場では断れず話を持ち帰ってしまったけれど、やはり無理なものは無理だ。私がすべきなのは、少しでも亜理紗の負担を減らせるように仕事をがんばって貯金すること。そのためになるべく出費も減らさなくては。

残り三個になったたこ焼きへ目を落として苦笑いを浮かべる。

「これも無駄遣いかな……」

安い具材を買って家でもんじゃかお好み焼きを作れば節約になるだろう。

そのとき、テーブルに置いていたスマホが着信を知らせた。画面に増田さんの名前があって戸惑うが、大きく深呼吸をしてから通話をタップする。

「沙耶です」
《増田です。少し沙耶ちゃんに話があるんだが、今話しても大丈夫かな？》
「はい。どうぞ……」
話はお見合いの件よね？
《沙耶ちゃん、祐輔と会ってどうだったかね？　祐輔は沙耶ちゃんをとても気に入ったと言って、喜んでいたところなんだが》
祐輔さんがこの話に乗り気なのは、私と結婚すれば父親の監督下から逃れられると思っているからだ。
彼との結婚話は断ろうと決意したばかりなのに、今までお世話になっている増田さんに対してどう伝えたらいいか迷い、なかなか言葉が出せない。
《黙っているということは、迷っているのかな？》
迷っているのではなく、言葉を選んでいるのだけれど。
《沙耶ちゃん……実は……私は高志と同じ肺がんにかかってしまったんだよ》
「え……は、肺がんに？」
息をのんだままあぜんとなる。
《ああ。驚かせたくなかったが、すまないね。余命二年と言われている。あの頃と比

べて医学は進んでいるから、もっと生きるつもりだがね》
「そんな……」
《だから、本当の娘のような沙耶ちゃんと祐輔が一緒になって幸せな姿を見せてもらえたら、こんなにうれしいことはないと思っている》
増田さんの病気は思ってもみなかったことで、この電話では結婚の話を断りづらくなってしまった。
《こんなことを知らせてすまなかった。祐輔とまた会ってみてほしい》
そう言われて、通話が終わった。
増田さんの言葉は衝撃的だった。〝本当の娘のような〟というのは間違っていない。私と亜理紗のことをいつも気にかけてくれ、入学や卒業などの節目、誕生日にはプレゼントやケーキを用意してくれていた。
そんな増田さんの余命があと二年……？　しかもお父さんと同じ病気……。
胸が苦しくなって、気を紛らわせようともうすぐ戻ってくる亜理紗のためにチャーハンを作り始めた。

二、苦しい決断

翌日、退勤前に榊CEOの執務室へコーヒーを持って入室した。

榊CEOと池田さんは二十三時に羽田《はねだ》空港を発つ予定だが、ぎりぎりまで仕事をすると聞いている。帰国は土曜日の朝の予定だ。

「コーヒーをお持ちしました」

「ありがとう」

手を止めた彼は、熱々のコーヒーが入ったタンブラーに口をつけて飲む。

「おいしいよ。沙耶さんはコーヒーを入れるのが得意だな」

「得意なわけでは。機械が入れてくれますから」

いつも入れているのに、突然の褒め言葉に驚き、かわいくない返しをしてしまいバツが悪い。

「そんな謙遜をする必要はない。今回のスケジュールもよくできていた」

「ありがとうございます」

今日の榊CEOはどうしたのだろう……？

「もう少しで池田の代わりが務まりそうだな」

「わ、私などまだまだです。池田さんの代わりは到底務まりません。ご用がなければこれで失礼いたします」

「留守中よろしく。ああ、そうだ。唐突だが好きな食べ物はなにかな?」

脈絡なく尋ねられて困惑するが、こんなことは初めてなのでうれしい。

「もんじゃです」

「もんじゃ?」

もしかしたら榊CEOにとって、聞きなれない言葉だったのかもしれない。

「あ、もんじゃは――」

「知ってる。意外な答えだったから」

口もとを緩ませる榊CEOの表情が優しくて、心臓がトクンと音を立てる。

「亡くなった祖母がもんじゃ焼きのお店を月島で開いていたんです。学生の頃は手伝っていて、妹もお店の隅で終わるのを待っていたりしていました」

「妹さんは今いくつ?」

今日の榊CEOは雑談をしたい気分なのだろうか。

「妹は十八歳に。この春、大学生になります。あ、出張前のお忙しい時間に失礼しました」

「いや、もんじゃを食べてみたいな。ぜひ今度付き合って。楽しかったよ」

榊CEOに笑みを向けられて、心臓が射貫かれそうになった。ドキドキと鼓動が暴れ始め、頬に熱が集まってくる感覚だ。

「お、お気をつけていってらっしゃいませ」

お辞儀をしてドアへ歩を進め、目と目が合ったデスク越しの池田さんに頭を下げて執務室を出た。

びっくりした……。

榊CEOはこれから出張するから気分が上がっているのだろうか？　もしかしたら、三カ国のどこかに恋人がいるとか……？

秘書室に戻りながら思案する。

でも、もう少しで池田さんの代わりが務まりそうだと言われてうれしい気持ちは否めない。まだまだ池田さんの足もとにも及ばないが、ずっと仕事を続けていたら、池田さんのように榊CEOをサポートできるようになれるかな？

仕事が好きだし、この先も続けていたい。

そこでふいに祐輔さんの言葉を思い出した。

『仕事を続けていればそこそこの金は貯まるし』

昨夜遅く祐輔さんからメッセージが入っており、一週間という約束通り、次の土曜に六本木のカフェで十四時に会うことになった。

増田さんと電話で話したことも影響して、どうするか決めきれていない。

秘書室へ戻って帰り支度をしていると、詩乃さんが戻ってきた。

「あ！　沙耶さん、まだいたのね。ね、急いで帰らなくていいなら軽く食事しない？」

「いいですね。お酒が飲みたいです」

「珍しいわね？　いつも飲まないのに」

「んー、なんかいろいろと考えることが多くて、飲んだら気が晴れるかなって」

「じゃあ、行こう行こう。いいお店知っているの」

詩乃さんはパソコンの電源を落としコートを着て、私を促した。

彼女が連れてきてくれたのは、会社から徒歩十分くらいのところにある雑居ビルの地下のスペインバルだった。

「ここの料理とお酒はどれもおいしいから、沙耶さんが食べたいものを選んで」

メニュー表を目の前に置かれて見ると、写真付きでどれも食べたくなる。

「いろいろなタパスがあるんですね。迷っちゃいます」

「量は少ないし値段はリーズナブルだから、たくさん頼みましょう」

おいしそうなメニューを見ていたら赤ワインが飲みたくなり、店員にオーダーした。

タコのマリネと一緒にお酒が運ばれてきた。

「おつかれさま～」

詩乃さんはグラスを持って私のグラスにコツンとあててから飲む。

「んー、おいしい～、沙耶さんも飲んで」

「はい」

赤ワインをゴクリと喉に流すと、かぁっと胃が熱くなっていく。

「おいしいです」

「そうこなくっちゃ」

タコのマリネをパクッと食べる詩乃さんにならって、私も口にした。

「で、なんかいろいろ考えることが多いって、どうかしたの？　私でよかったら聞くよ？」

亜理紗にも祐輔さんに出された条件を話すことができず、やはりひとりではなにが正しいのかもわからないのが本当のところだ。

詩乃さんに尋ねられて安堵し、彼や増田さんの話を簡単にした。

「……そんなことが」

詩乃さんは眉根を寄せて口もとを引き結ぶ。

「結婚なんて考えられないと思ったんですが、ずっと気にかけてくれていた増田さんの気持ちを考えたら、迷ってしまって……」

「結婚は大変なことよ。増田さんを喜ばせるためにその最低な息子を引き受けなきゃならないのは、さらに大変そうだわ」

詩乃さんは四杯目の赤ワインを飲んでいる。私は三杯目で、いつもなら酔っ払ってしまうところなのに深刻な話題のせいか頭がすっきりしている。

「沙耶さんの妹さんは頭がいいのね」

「はい。父の遺伝子を全部持っていかれました」

笑顔で答える私に、詩乃さんは笑いながら首を左右に振る。

「そこ、うれしそうに笑うところじゃないわ」

「ふふっ、自慢の妹なんです。気持ちは母親ってところでしょうか。だから苦労をかけたくない気持ちがあって……」

詩乃さんに相談しているうち、自分にできることがなんなのか明確にわかってきた。

「話を聞いてくださってありがとうございました。詩乃さんの意見は言わないでくださいね。引っ張られてしまうから」

私にアドバイスをしたことによって、責任を感じてほしくない。

「ってことは、決めたのね？」

「はい。それは次回お話しさせてください」

この返事で詩乃さんにはわかるだろうが、今は迷いのない心境だった。

土曜日。紺色のワンピースの上からベージュのコートを羽織る。

十二時からアルバイトが入っている亜理紗がいないのはちょうどよかった。『お見合いはどうだった？』と当日聞かれたが、あのときは濁した返事しかできなかった。なので、今日もし彼女がいたら私が出かける支度をするのを見てきっと気になって仕方ないと思うから。

マフラーを首に巻いて家を出て、どんよりした雲に顔をしかめる。天気予報では雪がちらつくかもしれないと言っていた。

電車で指定されたカフェへ向かう。店員に待ち合わせだと伝えると、祐輔さんはすでに来ているようで案内された。

窓の近くに祐輔さんは座っていた。ソファの背に体を預け、脚を組んでいる。

今日も派手めなジャケットにダークグレーのスキニージーンズ姿。靴はハイブランドのロゴが入ったスニーカーだ。

彼の前のテーブルにはすでにソーサーとカップがあり、半分ほどなくなっている。

「お待たせしました」

この前はあんなに待たされたのに、今日は早くて驚かされる。まだ五分前だ。

コートを脱いで彼の前に腰を下ろす。

「とりあえず飲み物、頼めよ」

祐輔さんは手を上げて近くにいたスタッフを呼び、私はコーヒーをオーダーした。

「で、決まったか？」

「はい。私の条件をのんでいただけるのなら結婚します」

「条件？　言えよ」

彼は身を起こしてコーヒーカップを口にする。

「増田さん……お父さんが肺がんだと聞いています。考えたくはないですが、この先旅立たれてしまった暁には、離婚してください。それまでは嫁として頻繁に顔を出します」

「親父に聞いたのか?」

　そこへ私のコーヒーが運ばれてきた。

「電話があって。驚きました。それまではお断りするつもりでした」

「へぇ。結局のところ親父のためか」

「それしかないです」

　きっぱり言うと、祐輔さんはうっすらと笑う。

「お前っておとなしそうに見えるけど、実際は違うんだな」

「十五歳で父が亡くなってからいろいろありましたから。増田さんが喜んでくれるなら、偽りの夫婦としてあなたと結婚します」

「わかった。俺も親父に心配ばかりかけていたから、お前と結婚することで親孝行ができる。以前言った条件は変わらない。毎年五百万やるから、俺は好きなようにする」

「はい。それでかまいません。それから、その話し方はどうにかなりませんか? お前ではなく名前を呼んでください」

「親父たちの前ではうまくやるから、それまでは勝手にさせてもらう」

　結婚は神聖なもの、いつかは愛する人と……そう思っていた。

　今の状況を考えたら増田さんを騙《だま》すことになってうしろめたいが、三男が結婚することで気持ちが落ち着けば、治療にも少しはいい影響があるのではないか。祐輔さんとの結婚は嫌だけれど、増田さんには元気になって長生きしてほしい。

それに援助を受ければ私も助かる。横柄な男と顔を合わせなければならないのは辛酸をなめることになるかもしれないが、亜理紗のためだと考えたらやり過ごせるはず。


祐輔さんと別れて自宅へ戻ったのは十六時過ぎ。カフェを出た後、彼は私を近くの高級宝飾店へ連れていき、百万円を超えるエンゲージリングを適当に選んで買った。

そんなに高くなくていいと止めたが、増田さんを騙している手前、愛している相手に贈るように見せる必要があるとのことだった。

自宅でようやく人心地ついたところで増田さんから電話があり、『祐輔と結婚を決めてくれてありがとう。こんなに幸せなことはない』と喜びをあらわにしていた。

戸惑いもあったが、これでよかったのだと自分に言い聞かせた。


月曜日。

いつものように八時に出社し、出張中頼まれていた書類を揃《そろ》える。

留守中の電話履歴は優先度順に表にして、榊ＣＥＯのデスクの上に置いてある。

「沙耶さん、おはよ〜」

詩乃さんは紺色のコートを脱ぎ、かけてからこちらにやって来る。

「おはようございます」

「どうだった？　土曜日に会ったんでしょう？」

彼女は椅子に座ると、パソコンのスイッチを入れる。

「はい。後ほどお話ししたいと思います」

「ええ、聞きたいわ。気になっていたの」

今日のランチの約束をして、私は給湯室へ行く。

そろそろ榊ＣＥＯの出社時間なのでコーヒーを入れ、書類を持って執務室へ向かう。

ノックをして入室すると、榊ＣＥＯは窓辺に立ってこちらに背を向けていた。池田さんは姿が見えない。

「おはようございます。出張お疲れさまでした」

なにか考え事をしているような背中に声をかける。思案中の邪魔はしたくなかったが、黙ってコーヒーだけ置くこともできないし。

すると、榊ＣＥＯが振り返る。

「おはよう」

窓辺から離れてプレジデントデスクへ歩を進めて着席し、コーヒーを口にする。

「こちらが頼まれていた書類です。緊急の案件は池田さんへメッセージを送ったものだけです」

「ありがとう」

返事が端的なのは珍しくもないが、榊CEOの私を見る眼差《まなざ》しがなにかいつもと違う気がする。

「ご用がなければ戻らせていただきます。失礼いたします」

「沙耶さん、それを」

榊CEOはプレジデントデスクの端に置いてあるショッパーバッグを示す。

「皆で食べてくれ」

出張土産のようだ。ときどき秘書課のねぎらいのために買ってきてくれる。

「ありがとうございます。皆さん喜びます」

大きなショッパーバッグを持ち上げて、お辞儀をする。

「もうひとつは君への土産だ」

「え……？」

大きなショッパーバッグに隠れて、うしろに別のショッパーバッグが置かれていた。

しかも私なんて手が届かない高級ブランドのもので、困惑しかない。

「どうした？　土産を受け取って。沙耶さんに似合うと思って選んだんだ」

こんなこと初めてで、もらうことに躊躇する。

でも出張先で私を思い出してくれたなんて、とてもうれしくて心臓が高鳴ってくる。

「これはお高いものではないでしょうか。いただけません」

「俺の期待に応えてくれる礼だ。君がこっちで処理をしてくれるおかげで、留守ができる」

「でも……」

「たいしたものじゃない。使ってくれ。下がっていいよ」

「わかりました。ありがとうございます。とてもうれしいです」

深々と頭を下げてふたつのショッパーバッグを持って退出した。

秘書室に向かいながら、ふいうちのお土産に心臓はまだ暴れている。

本当にお土産を受け取ってよかったのだろうか。

どうしよう……榊ＣＥＯを意識してしまう……。

十二時になり、詩乃さんと近くのイタリアンレストランへ向かった。

四人掛けのテーブルに案内されて、脱いだコートを畳んで隣の椅子に置く。

「榊CEOのお土産、めちゃくちゃ高いチョコレートだったわね」

詩乃さんはメニュー表へ目線を落とす。

「はい」

「一個とかじゃなく、ひとりひと箱ってところが太っ腹だわ」

「ですね」

メニュー表から彼女は顔を上げる。

「沙耶さん、どうしたの？　反応薄いわね？」

「まだ開けて見ていないんですが、私、お土産をいただいたんです」

「あら。いいじゃない」

「それが、ブランド品なんです」

ほかの秘書には言ったらねたまれそうで口にできないが、サバサバしている詩乃さんになら話せる。

「うらやましいわね。常務の出張は国内ばかりだから、個人的に買ってきてくれるといってもお饅頭《まんじゅう》ばかりだもの」

「お饅頭、好きですよ」

「ほんと沙耶さんは優しいわ。お土産、戻ったら見てみましょうよ」

「でも……どんなものでも間違いなく高いはずなので、もらってしまってよいのか……」

「くれるって言うのなら喜んでもらえばいいのよ。あ、すみませーん」

通りがかった店員を呼び止めて、ランチセットをオーダーする。

「それよりも土曜日に見合い相手に会ったんでしょう？　どうなったの？」

「……結婚することにしました」

「だと思ったわ」

詩乃さんは神妙な面持ちでうなずいた。

「仕事も続けられますし、増田さんにも喜んでいただけたので。私も助かりますから」

「妹思いなんだから……」

そう言って、彼女は重いため息を漏らす。

「あきれないでくださいね」

そう思われても仕方ないと、苦笑いを浮かべる。

「もちろんあきれているわけじゃないわ。自分を犠牲にしてまで、すごいなと思っているのよ」

「妹は多感な時期に父が亡くなり母までも去っていったのに、いい子に育ってくれて。それだけでも感謝しているんです。獣医師になっても多額なお金を返さなくてはならないなんて、不憫《ふびん》すぎますから」

「……沙耶さんの犠牲の上に成り立つなんて、妹さんが知ったら反対するんじゃないの？」

そこへトマトクリームソースのパスタとサラダ、コーヒーが運ばれてきた。

「受かったらの話ですが、妹が北海道へ行ってからお付き合いをしていることを少しずつ話して、彼の家へ引っ越しする前に結婚が決まったと知らせようかなと思っています」

「そっか……。でも、同じ家に住むなんて襲われないかしら……」

サラダを食べていた私はそしゃくしてから口を開く。

「ないと思います。女性には不自由していないからこそ、遊びたいのでしょうし、私のことはタイプじゃないみたいです」

「そんなのわからないわよ。沙耶さん、かわいいもの。いざ襲われたら？　男の力にはかなわないわ」

詩乃さんの言葉で不安に駆られるが、そんなことはないと思って払拭するしかなかった。

ランチタイムが終わる十分前にオフィスに戻り、詩乃さんに言われて引き出しからショッパーバッグを出す。

まだ休憩時間なので、秘書室には私たちしかいない。

「ブランドどころじゃなく、ハイブランドじゃない。なにかしら……」

詩乃さんは目を見張る。

なにが入っているのか予測もできず、箱を開けた。

入っていたのはベビーピンクのレザーのIDカードホルダーだった。

「素敵！　思いもよらないプレゼントね。色のチョイスもいいわ。さすが榊CEOね」

「絶対に高いですよね。これを身に着けるなんて……」

「でも、着けてもらうためにプレゼントしたんじゃないかしら。ここ以外で使い道はないでしょうし」

「ですよね……」

毎日首からIDカードはぶら下げているので、これを使わなかったら気を悪くするかもしれない。

「せっかくのプレゼントなんだし、今からすれば榊CEOは喜ぶんじゃないかしら」

「……じゃあ」

榊CEOが喜ぶかはわからないけれど、せっかくなので使わせてもらうことにした。

それから三十分後、榊CEOから【コーヒーを頼む】とメッセージが入り、席を立った。

タンブラーをトレイにのせて執務室へ入り近づくと、榊CEOが顔を上げる。視線がIDカードに向けられている。

「あの、素敵なお土産をありがとうございました。さっそく使わせていただいています」

「ああ。よく似合うよ。君はやわらかい色が似合うな」

榊CEOは麗しい笑みを浮かべる。その表情に、鼓動が暴れ始める。

「だ、大好きな色です。それでは、失礼いたします」

コーヒーの入ったタンブラーを静かに置くと、一礼して執務室を後にした。

三、破談の後のプロポーズ

三月の初め、亜理紗は予定通り北海道の大学の獣医学部に受かった。

都立高校の卒業式も終わり、寂しいような、ようやく雛鳥を飛び立たせられる親鳥のような心境になっている。

亜理紗も私と離れることになって寂しいのだろうが、これから夢に向かって新天地へ行くのは楽しそうに見える。

私の願いは健康に気をつけてしっかり学んで、獣医師になってもらうこと。でももし夢が変わったら、それも応援する。亜理紗の思い描く人生を謳歌してほしい。我ながらまさに母親だなと思う。

ふと、私たちを捨てた母親を思い出すが、連絡もないし、まだ許すこともできず怒りしかない。

日曜日の夜、亜理紗の四畳半の部屋に入ると、ビニール袋がところ狭しと置かれていた。

「あ、お姉ちゃん」

「荷物整理は順調？」

「うん。これは捨てるやつよ。明日はキッチンを片づけるね。ここを立ち退くまで三カ月もないし」

「ありがとう。おばあちゃんの部屋は一緒にやろうね」

火曜日に亜理紗は一泊二日で北海道へ手続きに行き、寮なども確認してくる。

「先にお風呂入っていいよ」

もう二十一時だが亜理紗は片づけのスイッチが入ったようで、まだまだやるようだ。

「うん。ほどほどにね」

「はーい」

そう返事をしつつも、手は休めずに高校の教科書をビニール紐で縛っていた。

亜理紗の部屋を出て自分の部屋に向かっていると、スマホが一回振動した。ポケットから出して確認する。祐輔さんからのメッセージだ。

結婚を承諾してから一カ月以上が経つが、会っていない。

【親父が抗がん剤治療で水曜日から十日間の予定で入院する。火曜日、お前と妹を呼んで食事をしたいから伝えてくれと】

増田さんが入院を……。

【妹は火曜日から一泊二日で北海道の大学へ行くので、私だけなら】

【わかった。親父に確認する。直接連絡すればいいのにな！　めんどくさ】

増田さんは結婚するのだからと、連絡を祐輔さんに任せることにしたのかも。

まだ亜理紗には結婚の話はしていないので、火曜日の都合が悪くてホッとする。亜理紗は言葉遣いや態度に敏感だから、祐輔さんを将来の義兄として受け入れられないかもしれない。

いずれは会わなくてはならないだろうが、今は祐輔さんに会って『本当にお姉ちゃんのタイプなの？』などと懸念をいだかせたくない。

翌日の夜、祐輔さんからスマホにメッセージが入った。

食事会の場所は、驚くことに先日榊ＣＥＯたちとランチミーティングをした高級日本料理店、立花だった。十九時に三人での予約だそうだ。

増田さんが私のために奮発すると言って予約してくれたという。あまりに高級な食事会で申し訳ない旨を祐輔さんに送ると【いちいち罪悪感を持つなよ。どうせ支払いは親父なんだからお前が気にすることじゃない】と冷めた返信があった。

食事場所は近くて楽だが、フォーレンハイトの重役たちに会わないか心配でもある。

でもそんな偶然はほんの数パーセントの確率よね。立花で一緒に食事する相手が榊CEOだったら、きっとスマートで楽しい時間が過ごせるんだろうな……。

今までの祐輔さんを見ていたら、どんな食事会になることか。憂鬱だけれど、入院前の増田さんに心配をかけちゃいけない。笑顔で行こうと自分を諫めた。

火曜日の朝、九時のフライトで北海道へ行く亜理紗を七時に送り出して、今夜の食事会のための服を選ぶ。

選ぶといってもたくさんあるわけではない。数着のツーピースのインナーブラウスを変えたり、上下を変えたりして着回しているのだ。

「初めて祐輔さんに会ったときの格好でいいかな」

ツイードのツーピースにフリルのあるインナーブラウスで、義父となる増田さんに会うのにはちょうどいいかもしれない。

ビルに入るとバッグから榊CEOにプレゼントされたIDカードホルダーを出して、セキュリティゲートを通る。

秘書室に入り、普段通りにパソコンの電源をつけて今日のスケジュールを確認しているうちに、そろそろ榊CEOの出社時刻になった。

給湯室へ向かいコーヒーを用意して執務室へ持っていく。

「おはようございます」

チャコールグレーのスーツのジャケットを脱ぎ、ベスト姿になっている榊CEOはプレジデントデスクに着き、パソコンに顔を向けていた。

コーヒーの入ったタンブラーを置く。

「ありがとう」

忙しくてもお礼は必ず言ってくれる。

「本日は九時半から第一会議室で経営戦略課と会議です」

「わかった」

ふいに顔を上げた彼は、不思議そうな表情を浮かべた後ふわっと笑みを見せた。

「今日はいつもと印象が違う。とても素敵なブラウスだね。よく似合っている」

突如として服装を褒められ、顔に熱が集まる。このブラウスはひと目惚れして買ったけれど、秘書としては派手かと思って会社には着てきたことがなかった。

素敵と言われてすごくうれしい反面、着てきた目的が契約結婚の顔合わせだと考えるとなんだか複雑な思いになり、ごまかすように笑顔をつくる。

「ありがとうございます。……では失礼します」

ドキドキと高鳴る鼓動を感じながらお辞儀をして、執務室を後にした。

今日の会議をすべて終え、秘書室に戻って議事録を整理し終えると、食事会の約束十五分前だった。

隣席の詩乃さんが仕事の手を止める。

「もう時間じゃない？」

「あ、はい。メイクを直してから行きます」

「直さなくても、それで充分よ。がんばってね」

祐輔さんの態度が悪い話をしていたから、今日の会食はどうなるのか詩乃さんも気にかかるらしい。

まだ残っている課長を含め、数人いる秘書たちにも挨拶をして秘書室を出た。

立花へは私の方が先に到着したので、ホッと胸をなで下ろす。同じビルで働いているのに、ふたりより遅いのではきまりが悪い。

仲居さんに案内された個室には立派な一枚板のテーブルと椅子が四つあり、入口に近い席に腰掛けた。バッグからエンゲージリングを取り出してはめる。

五分後に増田さんと祐輔さんが姿を現した。椅子から立ち上がり、ふたりに近づく。

「こんばんは。増田さん……祐輔さん」

「沙耶ちゃん、待たせてしまい申し訳ない」

「いいえ。私も来たばかりです」

「それはよかった。さあさ、座ろう」

私と祐輔さんが並んで座り、対面に増田さんが腰を下ろす。

スーツ姿の祐輔さんを見るのは初めてだ。紺色のツーピースを着ているが、ネクタイは赤とやはり派手め。

「亜理紗ちゃんは北海道へ行ったと聞いたが」

「そうなんです。一泊二日で手続きや寮の間取りなどを確認しに」

「ふたりともこんなに素敵な娘さんになって、高志がいたらさぞ自慢しただろう」

「親父、そんな話は場を盛り下げるだけだ。沙耶さんはおなかを空かしていると思う。早く注文しよう」

〝沙耶さん〟……。〝お前〟としか呼ばれたことないのに。父親の前では猫をかぶっているみたい。

「そうだった。私もおなかが空いているんだ。ここの料理は最高だと聞いているから楽しみだ」

個室のドアのところで待機していた仲居さんに増田さんは注文を済ませる。私のためにここを予約してくれた増田さんの気持ちを思うと、騙していることへの罪悪感で心臓がきゅうっと締めつけられる。それでも必死に表情をつくった。

「増田さん、明日から入院されるんですね」

「沙耶ちゃん、もうすぐ君の義父になるんだから、お義父さんと呼んでほしいね」

「……はい。呼ばせていただきます」

祐輔さんが笑みを漏らす。

「本当に親父は沙耶さんのことが娘のようにかわいいんだな」

少し言葉尻に皮肉を感じる。

「私には息子ばかりだったからな。長男と次男の嫁たちもかわいいが、小さい頃から見ていた沙耶ちゃんは特別だよ」

そこで襖が外側から軽くノックされた。

「失礼いたします」

ふたりの仲居さんが入室し、料理を運んでくれる。

明日入院する増田さんと私は乾杯の一杯だけビールにし、あとはお茶にしてもらった。祐輔さんは食事中ずっとお酒を飲んでいた。

ひとり三万円以上はすると詩乃さんが言っていたが、すべての食材が新鮮で、丁寧に調理されているとわかる。

「お義父さん、お見舞いに伺いますね」

「いやいや、抗がん剤で見せられる姿じゃないかもしれないから、そんな気遣いはいいんだよ」

増田さんは笑みを浮かべる。

「それよりも今後のことを話そう。沙耶ちゃん、亜理紗ちゃんが北海道へ行ってしまったら寂しいだろう。祐輔のところへの引っ越しはいつにする予定かね？」

「処分する荷物がたくさんあるので、立ち退き期限ギリギリの五月末になりそうです」

グラスを置いた祐輔さんが口を開く。

「仕事をしながらだから大変ですよね」

祐輔さんの丁寧な言葉遣いに一瞬ギョッとなったが、すぐにコクッとうなずく。

「沙耶さんがよければ、手配しますよ。今は便利屋もいますし」

父親の前では絶対に正体を現さないのだろう。

「大丈夫です。引っ越しまでに、祐輔さんをもっと知っていければと思っています」

「沙耶ちゃんの気持ちもわかるよ。まだふたりは出会ったばかりだからな」

お義父さんが賛同し、祐輔さんは「ま、おいおい知っていきましょう」と私に気味が悪いほどの笑みを向けた。


二時間後、私たちは立花を出て地下駐車場に向かった。

運転手を待たせているとのことで、私は見送るためについていく。

増田さんの専用車はフォーレンハイト社のものだった。ブラックの車体は、よく手入れされているようで汚れひとつない。

「わが社の車ですね。ありがとうございます」

「最近買い替えたんだよ。安定感があるし車内もゆったり座れて、最高の乗り心地だ」

誇らしげな表情の増田さんに、自分のことを褒められたようで鼻が高い。

「そう言っていただけてうれしいです。上司に伝えておきます」

「乗りなさい。送っていく」

「いいえ、電車ですぐですから」

そのとき一台の車がすぐ近くで停車して、ドアの開閉音が聞こえた。

「沙耶さん？」

止まった流線形の車から出てきたのは、榊ＣＥＯだった。

びっくりする間もなく、増田さんが進み出る。

「もしや榊ＣＥＯでおられますか？」

榊ＣＥＯは経済誌などで特集を組まれているほどメディアに露出しているので、顔が知られているのも無理はない。

「沙耶ちゃんがお世話になっております。じつはこのたび、息子と婚約をしまして」

増田さんが笑顔で頭を下げる。

榊ＣＥＯは増田さんと祐輔さんへ視線を向けてから私を見遣る。珍しく当惑した顔だった。

「沙耶さんの会社のＣＥＯなんですか。沙耶さんがお世話になってます」

祐輔さんの失礼な挨拶に、榊ＣＥＯの眉根がギュッと寄せられる。

「彼女の上司の榊です。沙耶さんと婚約を……？」

榊ＣＥＯの視線が私の左手の薬指へ移動し、慌てて言う。

「す、すみません。まだお話ししていなくて……」

バツの悪さに、頭を深く下げる。

「いや……」

榊ＣＥＯは増田さんと祐輔さんに「おめでとうございます」と言ってから私に目線を移す。

「なにか困っていたらと思って車を止めたんだ。では失礼するよ」

榊ＣＥＯは増田さんと祐輔さんに会釈をして、車へ戻っていく。そしてすぐパールホワイトのＳＵＶ車が去っていった。

「沙耶ちゃん、乗りなさい」

「……では」

祐輔さんは後部座席のドアを開けて私を座らせると助手席に乗り込み、私の隣に増田さんが腰を下ろした。

「沙耶ちゃんはあの榊ＣＥＯの第二秘書だったのか。直接会うと迫力のある、見るからに頭が切れそうな男性だな」

「そうですね、とても聡明な方です」

思いもよらない形で婚約を知られてしまったせいなのか、気分が落ち込んでいる。早くに伝えておけばよかったのかな……。

心の中でため息が漏れた。

自宅の前で車が去るのを見送ってから家の中へ入った。

「ただいま」

そう言ってから、亜理紗がいないのを思い出して寂しくなる。

亜理紗が北海道へ行ってしまったら、毎日寂寥感に襲われそうだ。

リビングに歩を進めて、バッグをソファの上に置いたとき、静まり返った室内にブーブーブーブーとスマホが振動している音が聞こえてきた。

急いでバッグからスマホを取り出してみると、亜理紗だった。

「もしもし？」

《もー、お姉ちゃんったら、メッセージ送ってるのに既読にならないんだもん。心配しちゃったじゃない》

文句を言いつつも安堵の声だ。

「ごめん、ごめん。食事をして今帰ってきたから。どう？　順調に進んでる？」

《うん。こっちは寒いよ。お姉ちゃんが買ってくれたダウンコートが役に立ってる。ありがとう》

「風邪をひかないようにね」

《明日は空港でおいしそうなお弁当を買って帰るからね。楽しみにしてて》

明るい声から、今日の手続きや寮が満足のいくものだったのだろうと推測できる。
「わかった。楽しみにしてる。おやすみなさい」
《お姉ちゃん、ちゃんと戸締まり確認してよね》
お父さんも心配性だったなと思い出し、胸がギュッと締めつけられた。

翌日、普段のようにエンゲージリングはつけずに出社した。

榊CEOには婚約を知られてしまったが、まだ秘書課の先輩方に知らせるのを躊躇していたからだ。偽装結婚なのだから、知らせる必要もないかなとも思う。書類上の手続きを済ませれば問題なさそうだし。

池田さんには伝わっているはず。榊CEOと会うのも甚《はなは》だきまり悪い。でも、思い悩んでも仕方ない。結婚するのは間違いないのだから、上司として知らせておくべきだったし。

普段通り、コーヒーを入れて執務室へ向かった。

入室すると池田さんは自分のデスクにいて、軽く会釈をして前を通り過ぎる。

必死に平常心をかき集め、榊CEOのそばへと足を運ぶ。

「おはようございます」

「おはよう」

書類にサインをしていた榊ＣＥＯは顔を上げた。

タンブラーをプレジデントデスクに置く手が微《かす》かに震えているが、気づかれないだろう。

「沙耶さん、エンゲージリングは？」

身に着けていないことがすぐわかってしまうとは思っていなかった。

「し、仕事中、じゃ、邪魔ですし」

しどろもどろになる私に、榊ＣＥＯは静かに微笑むが、日の奥が笑っていない気がする。どうしてそう思ってしまうのだろう……。

「婚約をしているのだから、はめていればいい」

榊ＣＥＯは万年筆を置いて、顔の前で両手を組んで肘をつく。

「ですから、邪魔なので……」

「結婚式はいつ？　仕事はどうするんだ？」

「結婚式はまだ決まっていません。仕事は変わりなく続けさせていただきます」

榊ＣＥＯがなにか考えるような表情になる。

「……わかった。各販売店から収支決算報告書はどのくらい届いている？」

「半分ほどです」

「急がせてくれ。出張中に確認したい」

パソコン画面に集中していてこちらを見ずに話す。

「かしこまりました。急がせます。のちほど、金曜からの出張スケジュールを池田さんに送っておきます。それでは失礼します」

お辞儀をして執務室を退出し、静かにドアを閉める。

はぁ……。どうして胸が痛いんだろう……。

秘書室に戻って、まだ収支決算報告書が届いていない販売店にメッセージを送る。全国各地に展開しているので、約百店舗に及ぶ。

榊CEOの今度の出張先はドイツ本社なので、移動時間に確認したいのだろう。あと二日しかない。

今度のフライトスケジュールはごく簡単で、本社があるデュッセルドルフまでは羽田から約十五時間。金曜日の十時三十分に羽田空港を離陸し、現地時間で十七時過ぎの到着になる。その日、車業界のパーティーに出席する予定が入っている。

池田さんにスケジュールをメッセージで送り、ホッと息を吐いた。

「ただいま～」

十九時過ぎに帰宅した。

リビングの明かりがついていて、亜理紗がガラス戸から顔を出す。

「おかえり！　お弁当買ってきたよ～」

「今日一日、それが楽しみだったの。手を洗ってくる」

バッグとジャケットをリビングのソファの上に置いて、洗面所で手洗いとうがいをして戻る。

「生ものはやめて、牛肉の肉巻きにしたの」

すでにふたつのお弁当の蓋が開けてある。

「そうよね。時間が経っちゃうとね。おいしそう！」

お茶も用意してくれていた。両手を合わせて「いただきます」と言ってから、肉巻きを口にする。

「んー、おいしい。甘辛いたれもいいし、お肉もやわらかいわ」

「見た瞬間、このお弁当しかないって思ったんだ。おいしいね。買ってよかった！」

亜理紗は満足そうに笑う。

お弁当を食べながら、大学のキャンパスや寮などの話を聞き、やはり妹が私から離れるのは寂しいという思いに駆られた。

「沙耶さん、今夜は空いていないだろうか？　食事に誘いたいんだが」

次の日の十八時過ぎ、退勤の挨拶をしに榊ＣＥＯのオフィスへ行くと、突然の言葉に驚く。

「お、お食事を……？」

こんなことは初めてで、どんな意図があって誘われたのか困惑する。

婚約を知られてから、榊ＣＥＯと顔を合わせるたび気まずい思いを抱えていたので、なおさらだ。

「ひとりの夕食より、ふたりの方が楽しいと思ってね」

「池田さん……は？」

執務室にいつもいるはずの池田さんの姿はないが、席をはずしているだけだろう。

「いつも顔を突き合わせている男同士で夕食を食べても、少しも楽しくないよ」

榊ＣＥＯは苦笑いを浮かべる。

そういうことなら行った方がよいかもしれない。亜理紗はアルバイトでいないし。

榊CEOとふたりだけでの食事は始終緊張することと思うけれど。

「私でお相手が務まればいいのですが」

「OKだと受け取っていいのかな？」

「え？　は、はい」

「よかった。食べたいものは？」

「榊CEOにお任せします」

「では、飲茶《ヤムチャ》はどうだろうか？　立花の隣にある香港飲茶の店もうまい」

あそこも立花と並んでいるだけのことはあって、高級なレストランだ。

「一度、食べてみたいと思っていました」

一緒に食事をすると思うと、心臓が暴れ始めてくる。今でそうなのだから、レストランではどうなってしまうのだろう。

榊CEO自身が予約をしてくれることになり、十八時三十分にレストランで待ち合わせることになった。

人気店で有名だが、上顧客のテーブルは常に用意されているらしい。榊CEOは「問題ないはずだが、取れなかったら連絡する」と言い、執務室を退室した。

約束の時間まで残務をして向かうと榊ＣＥＯはすでに来ており、個室に案内されてきた私の姿を見て椅子から立ち上がった。

「お待たせしてすみません」

「俺が早すぎたんだ。座ろう」

レストランスタッフが椅子を引いて座らせてくれる。

メニューを渡されたが、ポピュラーな小籠包《ショウロンポウ》や春巻きくらいしか知らない。

そう話すと、榊ＣＥＯが見つくろってくれることになった。

オーダーを済ませ、料理を待つ間、対面に座る彼にも聞こえてしまうのではないかと思うほど心臓がドキドキしている。こんなシチュエーションは初めてだ。

榊ＣＥＯと食事をしたい女性はたくさんいるだろう。そんな彼とふたりだけなんて夢みたい。

「仕事は楽しいか？」など他愛もない話をしているうちに、クラゲの中華サラダやつぶ貝ときゅうりの黒酢和えの前菜が運ばれてきて食べ始める。両方ともさっぱりしていておいしい。

数種類の具材の入った小籠包や蒸し餃子、蓮の葉に包まれた大きなちまき、ほかにも食べたことのない料理を取り分けながら堪能する。

そのうちにドキドキも収まり、榊ＣＥＯとの食事にすっかり居心地のよさを感じていた。

さっさと口に運ぶ祐輔さんとは違い、榊ＣＥＯは「おいしいか？」「先に食べてみて」などと気を使ってくれた。相手が上司なのですっかり気を許すまではいかないが。

「沙耶さん。今、君は幸せかい？」

もうそろそろ食事が終わるというところで、榊ＣＥＯにふいに尋ねられた。

「え……」

すぐに答えられないが、〝はい〟の答えしかないだろう。

私は婚約したばかりなのだから。

「はい。幸せです」

「そうか……そうだろうな。変な質問をしてすまなかった」

そう言う榊ＣＥＯの顔が暗いような気がした。でも、気のせいに違いない。

翌日の金曜日、榊ＣＥＯと池田さんはデュッセルドルフへ飛んだ。

婚約を知られてから榊ＣＥＯと目が合うたびに嘘をついているうしろめたさを覚えていたけれど、昨晩の夕食でそれはなくなった。でも、別の感情に揺れ始めている。

私は榊ＣＥＯに惹かれているのだ。

『沙耶さん。今、君は幸せかい？』

そう問われて、胸がギュッと鷲掴《わしづか》みされたように痛んだ。

肯定の返事しかできなかったけれど、内心はそうではない。

でも、祐輔さんと結婚するのは決まっているのだから、惹かれる気持ちを消さなければ。それに彼との結婚の話がなかったとしても、手の届く相手ではない。

榊ＣＥＯに次会うのは、休日を含めて十日後。次に出社したときまでにはこの想いを払いのけて、以前と同じように接することができっとできるはず。

増田さんの入院は経過が良好だということで、予定より早く一週間で退院した。入院中スマホにメッセージを送り、体調を聞いていた。

私に弱みを見せるような人ではないので、毎回返事は【それほどつらくないよ。ありがとう】だった。そして、今は祐輔さんと私の結婚式を楽しみにしているから必ず元気になる、と返事がくる。

結婚式を楽しみにしてくれている様子の文面にも胸が痛かった。

三月いっぱい会社を休むとのことで、アレンジメントフラワーと和菓子を宅配便で送った。お手伝いさんがいるし、長男夫婦と同居しているから食事も問題なさそうだ。榊CEOの留守中はとくに緊急の仕事はなく、詩乃さんとランチをしたり、アルバイト中の亜理紗がいる店舗に買い物へ行ったりと、のんびりした一週間だった。

土曜日の朝、祐輔さんから話があると連絡があった。

話ってなんだろう。まさか増田さんのこと？　抗がん剤治療が思ったよりも成果がなかったとか……？

その夜、湾岸エリアにある外資系高級ホテルのバーラウンジで会うことになった。

カジュアルな場ではなさそうなことを考え、タンスの中を覗いて頭を悩ませる。

去年、フォーレンハイト社のパーティーが行われたときに購入した黒いレースをあしらったミモレ丈のワンピースに目を留めた。スクエアの襟で、デコルテラインが綺麗に見える。

でも、バーラウンジに二十時って……。

場所と時間的に食事ではなさそうだ。形式上だとしても婚約者なのに、食事を一緒にするのも嫌なのだろうか。

「あれ？　お姉ちゃん、出かけるの？」

タンスを開きっぱなしでその前に突っ立っている私の隣に亜理紗が立って、一緒に中を見る。

「あ、うん。夜ね。友達に飲みに誘われたの。亜理紗はアルバイトだったよね？」

「十五時からね。着ていく服悩んでいるの？　ってことは、男かな～？」

茶化す亜理紗に、匂わせておくのもいいと考えて、「まあね」と答える。

するとその答えはまったく考えていなかったのか驚いた顔になる。

「え？　お姉ちゃん、本当に？」

「そ、そんな驚くこと？」

「驚いたけど、うれしいよ。私はもうすぐ北海道行っちゃうし、そうなったらお姉ちゃんはひとりだから」

亜理紗はにっこり笑う。

月末いっぱいまでアルバイトをして、四月に入ってすぐの日曜日に北海道へ行く。

「亜理紗の考えを聞けてよかったわ。亜理紗が自分のやりたい道に進んでくれるのは本当にうれしいけど、寂しいんだよ？　だから、恋もそろそろしようかなと思っていたの」

「うん、うん。お姉ちゃんは綺麗なんだから、今までいないのがおかしいと思っていたの。でも、私のためだったよね？　お姉ちゃんなら素敵な彼氏ができるのを期待してる」

「亜理紗、ありがとう」

妹の言葉に涙腺が緩んできて、私よりも五センチ高い彼女に抱きついた。

湾岸エリアの高級ホテルの中へ入る。指定されたのは四十五階。

初めて行く場所に胸をドキドキさせながら、エレベーターに乗り込んだ。

高級ホテルのバーラウンジということなので、いつもより丁寧にメイクした。エンゲージリングもはめてきている。

エレベーターを降りたところに黒服のスーツを着た男性が立っていた。

「いらっしゃいませ」

「増田祐輔さんと待ち合わせしているのですが」

「ご来店されております。コートをお預かりいたします」

クリーム色の春コートを脱いで男性に預け、祐輔さんのテーブルへ案内される。

店内はとても広く明かりはほんの少し落とされていて、隣の席とかなり離れている。

祐輔さんのところへ向かいながら辺りへ視線を巡らせるが、ほぼ席は埋まっているみたいだ。

席同士がかなり離れているせいか、話し声は聞こえてこず、ピアノの生演奏が静かにフロアに流れている。

彼は窓辺のふたり掛けのワインレッドのソファに脚を組んで座っていた。

テーブルには琥珀色の飲み物の入ったグラスがある。

「祐輔さん、お待たせしました」

待ち合わせ時間より少し早く到着したのに、いつから来て飲んでいたのだろうか。

今日の彼は暗めのスーツに、紫の地に赤いドット柄のネクタイをしている。

「座れよ」

対面のふたり掛けのソファへ腰を下ろし、隣にバッグを置いた。

一面の窓からライトアップされた橋が見える。

これまで会ったときも祐輔さんに笑顔はなかったが、今日は輪をかけて仏頂面だ。

増田さんと一緒に食事をしたときを思い出すと、演技派だと感心してしまう。

「飲みものを頼めよ。俺は同じものを」

私を案内してくれた黒服スタッフが、メニューを渡してくれる。

ここの雰囲気ではカクテルがふさわしく思えるが、種類はそれほど知らないので、何度か飲んだことのあるものに決める。

「モヒートをお願いします」

ホワイトラムをベースにライムとミントの葉が入っているモヒートは、何度か飲んだことがある。

「かしこまりました」

黒服スタッフが去っていき、ふたりで向い合う状況に気まずさを覚える。

こんなところで話って、なんだろう？

困惑しつつ、祐輔さんへ視線を向ける。

「お義父さんの体調はいかがですか？」

「俺を怒鳴りつけるくらいの元気はある」

思い出したのか、祐輔さんの顔が腹立たしげにゆがむ。

「怒鳴る……？　なにかあったんですか？」

私の質問には答えずに、彼は残っていたグラスの中身をあおるようにして飲み干す。

祐輔さんの言葉を待っているのに、彼は黙ったまま私を睨みつけている。

「どうしてそんな顔をするんですか……？」

そこへ黒服スタッフがオーダーした飲み物を運んできた。

「お待たせいたしました」

私の前にミントの葉が入ったグラスが置かれた。祐輔さんは自ら手を伸ばして琥珀色の液体の入ったグラスを受け取る。

「ごゆっくりどうぞ」

黒服スタッフが静かに立ち去る。

祐輔さんはふた口ほど飲み、グラスをテーブルの上に置いた。

「俺とのことはなかったことにしてくれ」

え？　今なんて……？

一瞬なにを言われたのかのみ込めずに、キョトンとなる。

「聞いてるのかよ。俺とお前の結婚はない。破談だ」

「破談……？　理由を教えてください」

思いもよらない話で、頭の中が真っ白になる。

祐輔さんは口もとをゆがめ、ソファの背に体を預けた。

「付き合っていた女が妊娠したんだ」

「に、妊娠……」

「だから、そっちと結婚することになった」

「お義父……増田さんに怒鳴られたって、その話を？」

「そうだよ。俺を何度も殴りつけやがった。妊娠させたのが部下じゃなかったら、どうとでもなるけどな。捨てたとなると仕事にも影響するんでね。そっちとの結婚を親父も渋々認めたよ」

はぁ～とため息を漏らした祐輔さんはグラスの中身を飲み干してそれを掲げ、黒服スタッフにお代わりを持ってくるよう派手なアクションで頼む。

「女性に対してそんな言い方はひどいです。その人は祐輔さんを愛しているから、そ、そんな関係に……」

「ただの部下さ。美人でモテてたからな」

私にはこの人が理解できない。愚劣の極みだわ。

「最低ですね」

「はあ？　俺が最低？　お前はいったい何様なんだよ」

彼は顔を真っ赤にしてなじってきて、思わず私はビクッと肩が揺れる。

「お前は俺以上にかわいがられていたよな。沙耶ちゃん、沙耶ちゃんって、あんなくそ親父、くたばっちまえばいいんだ！」

フロアに祐輔さんの声が大きく響いた。

「なんてことを言うんですか！　父親に対してそんな言葉を吐くなんて信じられないっ！」

彼のひどすぎる言葉に、私の声も大きくなる。

「俺に説教するのか？」

「説教ではないです。増田さんのために承諾しましたが、あなたみたいな自分勝手で思いやりのない人とは、偽装でも結婚したくありません」

エンゲージリングを抜こうとうつむいたとき、突然頭から顔にかけてなにかがかけられた。

「きゃあっ！」

一瞬あぜんとなり、自分からラム酒の香りがしてモヒートがかけられたことがわかった。

「なにをしている！」

そのとき、とがめるような男性の声がした。聞き覚えがあり、指先で顔を拭って見上げた先に立つ男性に気づき、ぼうぜんとなった。

「大丈夫か？」

ハンカチを差し出され、金縛りに遭ったみたいに動けない私の顔がそっと拭かれる。

目の前の祐輔さんは突っ立ったままで、突然現れた榊ＣＥＯに驚愕した顔になっている。

そこへスーツを着た壮年の男性と黒服スタッフが数人やって来た。

「支配人、この男をつまみだしてくれ」

榊ＣＥＯに指示されると、壮年の男性は黒服スタッフにうなずき、祐輔さんの腕を両サイドから掴む。

「な、なにをするんだ！　俺は客だぞ！」

体躯のいい両サイドにいる黒服スタッフに「離せよ」と言い放つ。

「お前が指示するなんて、できるわけないだろ」

祐輔さんは榊ＣＥＯに向かって食ってかかる。

「お前はここの品位を貶《おとし》めた。もう二度と出入りはできない。ここにいる全員が証人だ」

黒服スタッフに引きずられるようにして、祐輔さんは出口に連れていかれた。

最悪な場面を榊ＣＥＯに見せてしまい、私は穴があったら入りたいくらいだ。

とっさにバッグを持って立ち上がる。

「し、失礼いたしました。お騒がせして申し訳ありません」

榊CEOに頭を下げてその場を離れようとしたとき、腕が掴まれる。

「待つんだ。それではタクシーにも乗れないぞ」

「で、でも……」

ラウンジ利用者たちの注目を浴びてしまい、羞恥心で一刻も早くここから立ち去りたかった。

「着替えを用意してもらう。支配人、彼女を部屋に連れていってください。あと、服も。任せます」

「榊様、かしこまりました。すぐに」

支配人は近くにいた黒服スタッフにうなずき、私たちのところへ来た。

「沙耶さん、先に部屋へ連れていってもらってくれ。友人に話してくる」

「そんな必要はないです」

「君は俺の秘書だ。部下がそんな姿なのに、放っておけるわけがないだろう？」

そう言って、榊CEOは近くのテーブルへ向かう。そこには和装とスーツ姿のふたりの男性が座っていた。

照明が落とされているので顔はわからないが、ふたりともモデル並みの体躯をしているように見える。

「ご案内します」

ぼんやり見ている私に黒服スタッフが声をかけ、出口に案内された。

歩いていると、自分の体からラム酒の香りがプンプン匂ってくる。

透明のカクテルでよかった。ワンピースはクリーニングに出せばもとに戻るだろう。

それにしても、祐輔さんがあんなふうに豹変するなんて……。増田さんに殴られたと言っていたから、よほど叱責されたのかもしれない。でも、あんなふうに私をひどい言葉でなじるなんてありえないわ。

お世話になった増田さんと亜理紗のために話に乗ったけれど、結果破談になり、これでよかったのだ。同じ家に住んでからでは、お酒をかけられるだけでは済まなかったかも。

黒服スタッフの案内で、エレベーターでひとつ上の階へ行き、静まり返った廊下を進んだ先にあるドアの前で止まる。

ルームキーでドアを開けて「どうぞ、中の物はご自由にお使いください」と私を進ませようとする。

「お騒がせして申し訳ありませんでした」

頭を下げる私に真面目な顔で「いいえ。怖かったですよね。榊様がおられてよかったです」と言って立ち去った。

部屋の中へおそるおそる歩を進める。

ここは……スイートルーム？

そういえば、榊ＣＥＯは立派なレジデンスに住まいがありながらも高級ホテルの一室を契約していて、出張帰りなどはそちらをよく利用すると聞いたことがある。

しかし、私が知っているホテルの部屋ではなく、わが家がすっぽり入ってしまうほど広く、豪華なインテリアだ。

部屋の奥の方にキングサイズのベッドがある。

とにかくラム酒の匂いが強くて、飲んでいないのに酔ってしまいそうだ。

気持ちをシャンとさせるために洗面所を探す。

洗面所はヨーロピアン調のラグジュアリーな場所で、アメニティもハイブランドのものが並んでいた。触れるのも恐れ多い。

フェイスタオルだけ借りることにして、バシャバシャと水を前髪から顔にあてて、ラム酒の匂いができるだけなくなるように洗った。

フェイスタオルを顔に押しあてながらもまだラム酒の匂いがするのは、ワンピースのせいだろう。

そのとき部屋にチャイムの音が響く。

洗面所から出てリビングに戻ったところで、榊ＣＥＯがこちらにやって来た。

「大丈夫か？」

「ご迷惑をおかけして申し訳ありません。あ、出張お疲れさまでした」

榊ＣＥＯの前へ行くと、体を半分に折って頭を下げた。

「こんなところで会うとはな。偶然で驚いたよ。話を聞かせてくれないか？」

「……はい」

これからも第二秘書として仕事をするのだから、真摯に説明をするのは当然だ。

「飲み物を入れよう。酒の方がいいか？」

「いえ。コーヒーを。私が入れます」

「いや、今はプライベートだ。俺が入れるよ。座ってて」

「でも……」

榊ＣＥＯにコーヒーなんて入れさせられない。

「いいから。ひどい目に遭ったんだから、座っていなさい」

思いがけず榊ＣＥＯの手が肩に触れて、ソファのところへ連れていかれ座らされる。

そして彼はバーカウンターへ歩を進めた。

コーヒーマシンの音がする中、組んだ手を膝の上に置いてひと息つくと、あらためてあんな場面を見せてしまったことに動揺してくる。

榊CEOが両手にカップを持って戻ってきた。

ラグジュアリーなカウチソファセットのテーブルに飲み物を置き、榊CEOは三人掛けのソファに腰を下ろす。

「……お連れの方は大丈夫でしたか？」

「ああ。たまたま飲もうかということになったが、今はふたりで酒を楽しんでいるだろう」

「お邪魔してしまい申し訳ありません」

「君のせいじゃない。俺が話を聞きたいんだ」

「みっともないところをお見せしてしまいました」

「コーヒーを飲んで。あの男を愛しているのか？　あんな男はやめた方がいい」

カップを両手で持って口へ運び、左手薬指にはまったままのエンゲージリングが目に入った。

「……これには事情がありまして」

「事情？」

エンゲージリングを左手の薬指から抜き取り、バッグのポケットへ入れた。

祐輔さんへ送り返そう。

「彼との結婚を決めたのは……亡くなった父の友人、増田さんのためでもありました。駐車場でお会いしたとき私が一緒にいた男性を覚えていますか？」

榊CEOが軽くうなずく。

「増田さんは父の死後、私と妹を気にかけてくださっていました。一月の中旬、増田さんから三男とお見合いをしてみないかと言われました。よくしてくれた人なので、無下に断れず、彼と会ったんです」

その後、増田さんが肺がんだという話や、契約結婚で妹の大学費用が援助できることなど、恥ずかしながら口にした。

榊CEOはときどき眉根を寄せたりもしたが、黙って聞いてくれた。

「彼は増田コーポレーションで本部長の地位に就いていて、部下の女性を妊娠させてしまったそうです。それで私との結婚話を解消するために会ったのですが、先ほどの修羅場になったわけです。みっともなくて恥ずかしいです……」

「修羅場か……あの男は卑劣なやつだ。女性に酒をかけるなど、ありえない」

「彼が父親などくたばればいいと言ったので、私はそんなことを言ってはいけないと口にしたら、あんなふうに我を忘れてしまったみたいで。榊ＣＥＯがいてくださったので助かりました。ありがとうございました」

祐輔さんとのことが破談になったのはいいが、増田さんが気になる。心を痛めているだろう。

そこへドアチャイムが鳴った。立とうとする私を制して、榊ＣＥＯがドアへ向かう。すぐに大きなショッパーバッグを持って戻ってきた。

「これに着替えて」

差し出された高級そうなショッパーバッグに目を見張る。

「このままで大丈夫です」

慌てて首を左右に振る。

「いいから。これはプレゼントするから、受け取って。着替えてくるといい。実はラム酒の匂いが苦手なんだ」

「あ！　申し訳ありませんっ」

ラム酒の匂いをプンプンさせているので、不快だっただろう。

カウチソファから立って、ショッパーバッグを持つと先ほどの洗面所へ向かった。

ショッパーバッグからビニール袋に包まれた服を取り出す。

白のIラインのワンピースだが、身頃はケープのようになっていて、ひと目で高級な生地と仕立てだとわかる。

帰るだけなのに……。

しかし、榊CEOがラム酒の匂いが苦手なのであれば、着替えるしかない。

黒いワンピースを脱いで下着だけになって、ラム酒の匂いがしないか確認する。

少し香ってくるので、先ほど使ったフェイスタオルを濡らしてギュッと絞ってから胸の辺りを拭いた。クンと鼻をきかせてみる。まだ匂いはほのかにするが、清潔な洋服を着たら大丈夫だろう。

「お待たせしてすみません」

着心地抜群の白いワンピースを身に着けて、榊CEOのもとへ戻る。

「いや、座って」

「匂いませんか……？」

「ああ」

テーブルの上には、グラスとアイスクーラーに入ったシャンパンが用意されていた。

先ほど座っていた場所に腰を下ろすと、榊CEOは二脚のフルートグラスにシャンパンを注ぐ。

「ひと息ついたから飲めるだろう？」

「……はい」

もともと彼はバーラウンジでお酒を飲むはずだったので、少しくらい付き合うほうが良いだろう。

榊ＣＥＯとこんな時間を持てるなんて夢を見ているようだ。

「沙耶さん、話を蒸し返すようだが、結婚を決めたのは恩のあるあの男の父親と妹のためだよな？　やつを愛していたわけではない？」

「絶対にないです。ただ単に増田さんに喜んでもらいたかったし、私も金銭面で助かると考えただけです」

フルートグラスを口にする姿は気品が漂っていて、映画のワンシーンを切り取ったかのように素敵だ。

見惚れてしまいそうで、私も手もとのグラスに口をつける。

「……でも、増田さんががっかりしていると思うと胸が痛みます。抗がん剤治療から退院してきたばかりなんです」

「息子が台なしにしたんだ。君は気にすることはない。家庭内の問題だ」

榊ＣＥＯの言う通りだ。そもそもこの契約結婚には無理があったのだ。

「それにしても……スイートルームはすごいですね。知らない世界を見られました。そろそろ失礼いたします。榊ＣＥＯのご友人はまだいらっしゃるといいのですが」

この部屋に入ってまだ一時間も経っていないので、合流してもらえるかもしれない。

「友人のことはいい。君に話があるんだ」

「え……」

榊ＣＥＯは、持っていたグラスをゆっくりとテーブルに置いてから私を見つめる。

「今回のことは、妹さんの学費の件もあるからだろう？」

「はい。でも、どんなに大変でもなんとか妹を支えていきます」

気持ちはすっきりしている。

心配をかけてしまった榊ＣＥＯに、大丈夫だという意思表示でにっこり笑った。

「沙耶さん、俺と結婚してくれないか？」

「えっ⁉　今……私の耳がおかしい……？」

驚いた後、独り言ちる。

俺と結婚してくれないかって、言った……？

「君の耳はおかしくない。プロポーズしたんだ」

「ど、どうして私に？」

私を愛しているなんて絶対に考えられない。榊CEOはどんな人でも選べるもの。

「あの男と俺は違う。君を大切にする」

「……それは愛じゃないですよね？　同情でそんなことを言わないでください」

同情、それしか考えられない。でも、ビジネスでは冷徹な榊CEOが流されて結婚なんてするだろうか……。

「じつは見せかけの妻が必要なんだ。俺は来年本社のCEO就任が決まっているが、向こうにいる祖父が結婚させたがっていてね。たび重なる見合いに辟易している。数日前にもセッティングされたよ」

数日前とは、ドイツ出張のときらしい。

「来年、日本を離れるんですか？」

不意打ちの話に、頭の中が真っ白になる。

「ああ。ドイツと日本を行き来することになるが、向こうが主となる。フォーレンハイト社の本社CEOになるのなら、妻がいるのは当然のことだと祖父は考えているんだ。このままでは意に沿わない相手と結婚を進められるのもありえる。今まで君のことは見てきたし、きちんとした女性で好ましい」

そう思ってもらえてうれしい気持ちはあるが、どうして私……？と首をかしげたくなる。

「時間がないんだ。俺と結婚すれば妹の学費などで頭を悩ませる必要はなくなるから、沙耶さんにとっても悪い話ではないと思うが？」

つまり、私は妹の学費で困っているし、榊ＣＥＯは見せかけの結婚相手を探す時間がない。お互いに都合がいいということ？

でも……と躊躇してしまう。

私は、大事な増田さんのためとはいえお金目的で結婚しようとしていた。こっちがだめだったからあっちに……みたいなのは、さすがにモラルに欠けているのではないだろうか。

それに、榊ＣＥＯは憧れの人だ。祐輔さんとは比べものにならないくらい素敵な男性。私にそんな彼の妻なんて務まるの？

ただ、榊ＣＥＯが日本支社を離れ、ドイツへ行ってしまうのだと知って、焦燥感を覚えていることは確かだ。

「……榊ＣＥＯには愛している方はいらっしゃらないのですか？」

「仕事ばかりで、興味を引かれる女性は今までいなかった。先々が心配なら期間限定の結婚でもかまわない。契約書を作らせる」

期間限定……一緒に生活したらもっともっと好きになってしまいそうなのに。

「沙耶さんにとって今日はいろいろあったから、この展開は頭が混乱していると思う。来週あらためて返事を聞かせてくれないか」

「……わかりました」

榊ＣＥＯはスーツの袖を少しずらして腕時計へ視線を落とす。

「ハイヤーを用意している。これを飲んだら送っていくよ」

「タクシーで帰れます。先ほどのご友人のところへ行ってください」

「いや、今日はもうこれでいい」

彼は私の空いたグラスにシャンパンを注ぎ、自分のグラスにも満たした。

玄関でパンプスを脱いだとき、亜理紗がリビングから出てきた。時刻は二十三時三十分になるところだ。

「おかえり。楽しかった？」

シャンパンを二杯飲んでほろ酔いの私は、亜理紗ににっこり笑いかける。

「楽しかったよ～」

楽しかったかと聞かれたら、今まで遠い存在だった榊ＣＥＯとふたりきりで飲めて至福の時だったと思う。前半はひどいものだったけれど。

「よかったね。お姉ちゃんが笑顔だから、私もうれしい」

そう言ったところで、亜理紗は私に顔を近づけてクンと鼻をきかせる。

「もう、お姉ちゃん。どれだけ飲んだの？　すごくお酒くさい」

「え……？　あ、うん。こぼしちゃって服にかかったの。そんなに飲んでいないわよ」

「早くお風呂入った方がいいよ。私はもう寝るから」

「うん。おやすみ」

亜理紗が自分の部屋に向かっていくのを見て、コートを脱いだ。

自分では匂いが慢性化したみたいでよくわからないけれど、ラム酒が苦手な榊ＣＥＯにはやはりくさかったかも。

榊ＣＥＯはホテルに泊まるのにハイヤーで送ると言って譲らないので、お言葉に甘えた。後部座席に並んで座り、家へ向かう道中、彼は家族の話をしてくれた。

ドイツにいる祖父はドイツ人で、祖母が日本人。その娘が榊ＣＥＯの母親で、日本人の医者と結婚して現在世田谷区《せたがやく》に住んでいる。彼は三人きょうだいだそうで、妹と弟は仕事の関係で外国に住んでいると教えてくれた。

それにしても、まさか榊ＣＥＯからあんな提案をされるとは思わなかった。

見せかけの妻なのだから、そこに愛情はない。彼に惹かれていることを自覚してしまったからこそ、そんなつらい立場に耐えられるのか……。

私はどうするべきなのか考えがまとまらず、その夜はほとんど眠れなかった。

翌日、増田さんから謝りのメッセージをもらった。

【愚息が本当に申し訳ないことをした。沙耶ちゃんに嫁になってもらうのを夢見ていたが、心から残念だよ。一番の被害者は沙耶ちゃんだ。こちらの誠意を受け取ってほしい】

増田さんの気持ちを考えると胸が痛い。

【祐輔さんに好きな女性がいて、そしてお孫さんにも恵まれるので、これでよかったのだと思います。私のことは気になさらずに。増田さんのご病気がよくなることを祈っています】

そうメッセージを送り返した。

その後も誠意を受け取ってほしいとメッセージが来たが、私はもらえる立場じゃない。増田さんを偽装結婚で騙そうとしていたのだから。

丁寧に断りのメッセージを伝えると電話がきて、明るく振る舞っていたらようやく落ち着いてくれたようだった。

四、愛しているのに契約結婚

月曜日。

昨晩から、明日出社して榊ＣＥＯに会うのだと考えるたびドキドキする気持ちが続いていた。

「おはようございます」

いつものようにコーヒーと、書面にした出張中の申し送り事項のファイルを持って彼の前に立つ。

「おはよう」

真面目な表情で挨拶に応えた榊ＣＥＯが手を前に出す。

「あ、ど、どうぞ」

タンブラーを差し出すと「違う。ファイルの方だ」と言いながらも受け取って、自身でデスクに置く。

「も、申し訳ありません」

もう一度差し出された大きな手のひらにファイルを渡した。

榊CEOは涼しい顔をしているのに、私ひとりでドギマギしている。

土曜日のことは夢だった……？

そう思うのも無理もないくらい、目の前の人はファイルへ視線を落として集中している。

「本日のスケジュールですが、十四時から一時間、第一会議室にて広報課とミーティングが入っております」

「わかった」

「失礼いたします」

頭を下げて、執務室を出た。

はぁ〜落ち着かなきゃ。平常心を保って！

今日はいつになく頻繁に榊CEOから内線がかかってくる。受話器越しに声を聞くたび鼓動が跳ねるので、具合が悪くなりそうだ。

すでに十五時を回っているが、四回もあった。そのたびに執務室へ書類やコーヒーを持って行き来している。

もちろん、何度も呼び出される必要があるほど仕事が山積みということで、決して私用ではない。でも私はずっと、結婚話に触れられるんじゃないかとドギマギしているわけで。

「今日は忙しそうね。はい。カフェラテ」

執務室から戻ってきた私に、詩乃さんがカフェラテをデスクの上に置いてくれる。

「ありがとうございます。ちょうど飲みたいと思っていたんです」

詩乃さんは笑みを浮かべて隣の席に座る。

カフェラテをひと口飲んで「ふぅ～」とひと息つく。

「珍しくため息？」

「男性ってわからないですね」

思わず心の中の声が出てしまい、ハッとなって詩乃さんに顔を向ける。

「男性……？」

詩乃さんが首をかしげて見ている。

「え？　あ、っと、そうですね」

祐輔さんの話をしなくてはならないが、そうなると榊ＣＥＯのことも言わなくてはならなくなる。

「なんか、いつもの沙耶さんじゃないみたい」

「え？　いつもの私じゃないって？」

「恋する乙女みたいに瞳をキラキラさせているわ。もしかしたら、祐輔さんとうまくいってるのかしら？」

「そ、そんなんじゃないですよ。瞳をキラキラって、少女漫画じゃないですし。あ、執務室へ行ってきます」

一笑に付して、席を立つと書類を抱えた。

「はーい。いってらっしゃい」

詩乃さんはのんびりした口調で言って、パソコンへ顔を向けた。

秘書室を出て廊下を進む。

詩乃さん、鋭すぎる。私がわかりやすい顔をしているの……？

疲れて帰宅すると、亜理紗もアルバイト後に帰ってきたところだった。

なにやら表情が暗い。聞くと、先日北海道で会った大学寮の先輩と連絡を取っていろいろ話を聞くうちに、想定していたより実習などで多額の費用がかかることが判明したそうだ。

「どうにかアルバイトしてがんばるよ」と亜理紗は無理して笑みをつくるが、テーブルの上には大学のカリキュラムが書かれた資料が置いてあり、ちらっと見ただけでも忙しくてとてもアルバイトに時間を割く余裕はないだろうと悟った。

「大丈夫、お金のことは私がなんとかするから」

笑みを浮かべ亜理紗に伝えて部屋に向かい、力なくベッドに腰掛ける。

『俺と結婚してくれないか？』と言った榊ＣＥＯの顔が思い浮かぶ。

彼と結婚すれば、亜理紗の心配を取っ払ってあげられる。でもそれは〝見せかけの妻〟になるということ。

榊ＣＥＯに惹かれている以上、愛情を得られない状況はとてもつらいし、いつか彼に特別な女性が現れたときには別れることになると考えたら、耐えられないかもしれない。

それでも、私が亜理紗のために唯一できることは……。

以前とまったく変わらない態度の榊ＣＥＯに翻弄されながら忙しく時間が過ぎ、水曜。今日も朝から多忙で、あっという間に夕方だ。

榊ＣＥＯに呼び出され、執務室のドアをノックして入室する。

「失礼します。お呼びでしょうか」

「お疲れさま。ありがとう。これを持っていってくれ」

ファイルを受け取り「失礼します」とお辞儀をして執務室を後にした。

秘書室に戻って着席し、ファイルを開いたところで「あっ！」と声が漏れる。

「どうしたの？」

詩乃さんがすかさず反応してこちらへ顔を向けるが、ファイルを閉じて首を左右に振る。

「い、いいえ。ちょっと思い出したことがあって。すみません」

「今週の沙耶さんはやっぱりいつもと違う気がするわ。悩みがあったらいつでも話してね」

そこへ詩乃さんに内線電話があり、彼女は急いで受話器を耳にあてた。

閉じたファイルを静かに開いて見る。

【十九時に隣のホテルのフレンチレストランで会おう】

榊CEOの達筆な字で書かれたメモが貼られていた。

古典的な方法に、胸がドキドキしてくる。内線で言えばいいし、メールで用件を送ってもいいのに、この不意打ちのメモについ胸を暴れさせてしまった。

いよいよ返事をする時がきたんだ。

ふた晩考えに考え抜いた私は、きちんと伝えようと心を決めた。

十九時になる五分前、榊CEOの指定した五つ星ホテルの二十八階にあるフレンチレストランに到着した。

榊CEOはこのホテルの隣に建つレジデンス住まいだ。

私の方が早いはずだと思っていたら、すでに榊CEOはテーブルに着いていた。

「お待たせして申し訳ありません」

案内してくれたレストランスタッフが椅子を引いて、私を座らせる。

「いや、君はいつも通り時間に正確だよ」

榊CEOは麗しく微笑む。

そんな笑みを向けられ、オフィスとは違うふたりきりの状況で急激に緊張してくる。

私たちのテーブルに壮年のスーツを着た男性がやって来た。

「榊様、いつもありがとうございます。お飲み物はいかがなさいますか？」

「なににする？」

榊CEOは私に尋ねる。

テーブルの横に立つ男性が私にドリンクのメニュー表を渡そうとした。

「いえ、私は……」

「では、ノンアルコールのシャンパンをお願いします」

男性にオーダーすると「かしこまりました。ただいまご用意いたします」とテーブルを離れていく。

「榊CEOはお酒を飲まれないのですか？」

「今日はいい。さっそくだが返事を聞かせてくれないか？　断られたとしても今までとなんら変わらないから、遠慮なく」

曇りない黒の切れ長の目でまっすぐ見つめられる。

私が話しやすいように逃げ道をつくってくれている。自分勝手な祐輔さんとは雲泥の差だ。

そんな榊CEOだから、私はどんどん惹かれてしまう。

「……お受けさせてください。でも、本当に私で大丈夫なのか憂慮しています」

言っちゃった……。心臓の高鳴りが最高潮で痛いくらいだ。

榊CEOの妻になるのは、相当な努力が必要になる。でも、亜理紗の未来のために決断したのだ。自分の想いには蓋をしよう。

「もちろん。君が妻になってくれたらうれしい」

そこへアイスペールに入ったシャンパンのボトルが運ばれてきた。

先ほどの男性が説明をして、フルートグラスに注ぐ。

前菜も運ばれてきて、「ごゆっくりお楽しみください」と言ってウエイターと一緒に去っていく。

「シャンパンと遜色ない、ノンアルコールのシャンパンだそうだ。乾杯しよう」

榊CEOはグラスの柄を持って軽く掲げ、私もグラスを持った。

「後悔はさせない。よろしく」

そう言って、フルートグラスに口をつけた。

「よろしくお願いいたします。榊CEO」

ノンアルコールでも飲んだら、リラックスできるだろうか。

ひと口飲むが、本当のシャンパンのように葡萄の芳醇な香りが口の中に広がる。

「〝榊CEO〟は社内だけにしてくれ。ふたりきりのときは……そうだな、名前で呼ぶように。俺は沙耶と呼ぶ」

「はい。せ、征司さん。そう呼ばせていただきます」

彼の名前は書類で何百回となく目にしている。

「それとその話し方だ。もう少し砕けてほしい」

「ですが、使い分けるのは難しいです」

彼は仕方ないというように微笑む。

「わかった。とりあえず、この関係に慣れるのが一番だな。前菜を食べよう」

ウニソースとキャビアがのったロブスターの身を、ナイフで切って口に入れる。

「……はい」

平静を装い、極上の味がするはずの前菜を食べるが、榊ＣＥＯと結婚するという大胆な決め事にいまだ落ち着かず、味がわからないままそしゃくして飲み込んだ。

「妹さんの話をしてくれないか？　四月から北海道に行くと言っていたな」

「将来獣医師になるために、北海道の大学の獣医学部に入学するんです」

「獣医学部はたしか六年間の修学だったな」

「はい。ずっと一緒だったのに、亜理紗がいなくなったら心にぽっかり穴があいたみたいな感覚になりそうです」

以前から覚悟していたはずなのに、彼女がいないことに順応する時間が必要だ。

会話をしながら、次々と運ばれてくる料理を食べる。

「履歴書で沙耶の家庭環境はわかっている。大学へ通いながら妹さんの面倒を見なくてはならなかったのだから大変だっただろう。だが、君には君の、妹さんには妹さんの人生がある」

「そうですね。慣れなくては」

征司さんから言われると、それがごくあたり前のように感じてすんなりと納得してしまうから不思議だ。

「来年中にはドイツに住むことになるが、日本支社にも頻繁に来るから、出張の際妹さんに会いに行けばいい」

その言葉はうれしいが、実際どのような生活になるのかビジョンが見えてこない。

しかもドイツへ住むとなると不安しかない。本社がドイツということもあって簡単なドイツ語の単語などは勉強しているが、会話となるとほとんど理解できないのに。

「私はこのまま第二秘書として務められるのでしょうか……？」

「社内規定では社内結婚は禁止とは決められていないから、続けるといい。そうか……」

最後のつぶやきで話が中断する。征司さんは考えをまとめている様子で、彼を見つめる。

「どうかしましたか？」

「社内報で婚約を発表しよう」

「しゃ、社内報で、ですか？　一部の社員が知るだけでいいのでは？」

社内報では日本全国に知れ渡ってしまう。

「ドイツの祖父にも送らなくては。祖母が翻訳してくれるだろう」

もともとはドイツに住むお祖父様からのたび重なるお見合い話に辟易していたのだから、結婚すると知らせたいのは無理もない。結婚相手が同じ会社の人間ならば、なおさら公表しなければ不信感を与えかねない。

「両親にも近々会ってほしい」

緊張することが目白押しで、クラクラしてきそうだ。しかし結婚ともなれば避けられない。

「わかりました。征司さん、秘書課の堂本さんをご存じでしょうか？」

「ああ。常務の秘書だろう？」

彼は最高級のフィレ肉を切っていた手を止めて顔を上げる。

「はい。彼女とは一番仲よくさせていただいているのですが、祐輔さんの件を相談に乗ってもらっていたんです。征司さんとこういうことになって……先に話をしてもいいでしょうか？」

「かまわないよ。ただし、周りには俺たちが愛し合って結婚するように見せかけなくてはならない。だから、堂本さんには俺が一方的に好きになり、結婚を承諾したと」

征司さんのような人が一方的に私を好きになったなんて、詩乃さんは信じてくれるのだろうか。

「前回の破談の後の、征司さんとの結婚なので、信じてもらえるかわかりませんが話してみます」

まだ詩乃さんには祐輔さんの破談も知らせていないので、どんな反応になるのか心配だ。

「彼女が信じなければ、俺が話そう。それはそうと、妹さんが北海道へ行く前に会わせてくれないか？」

「そうなると、今週中になってしまいますが……日曜日に北海道へ行ってしまうので」

「問題ない。土曜日の夕食ではどうだろう？」

「はい。大丈夫です」

旅立つ前の日なので、ふたりでささやかなパーティーをするつもりだった。征司さんを紹介するとなったら亜理紗は驚くだろうな。

「妹さんはなにが好きだろうか？」

「なんでも食べます。なので、適当なところで」

高級レストランで食事をしたことがないので、テーブルマナーのないところが亜理紗も気が楽だろう。

「適当なところ？　わかった。個室で会席料理が気兼ねなく食べられるかと思ったが、まだ十八だし、寿司屋にしようか？」

「お寿司は大好きです」

「それまでにエンゲージリングを選びに行こう。ところで、やつの指輪は？」

「増田さんの具合が気になっていて、一度会いに行こうかと。そのときに持っていって祐輔さんに返していただこうと思っています。高価なので」

「それがいいな」

征司さんは満足そうに口もとを緩ませた。

デザートまで食事をした後、レストランを出てエレベーターで一階まで下りる。

「ごちそうさまでした」

「送っていく」

征司さんに手首を掴まれて、隣のレジデンスの方へ進まされる。

「で、でも、榊ＣＥＯの自宅はすぐ上ですし、電車で帰れる時間ですし、送る必要はないです」

「今は榊CEOではなく、征司さんだろう？」

「あ、そ、そうですね。申し訳ありません」

使い分けが難しい。慣れた榊CEOの呼び方の方がすんなり出てくるのだ。

謝る私に、征司さんはからかうような笑みを向ける。

「沙耶はもう俺の婚約者なんだから、送るのは当然だ」

そう言うけれど、この間だってわざわざホテルからハイヤーで家まで送ってくれた。

彼は完璧な紳士なのであって、私が特別な存在だからというわけではないことを自分に言い聞かせる。そうでないと勘違いしてしまいそうだ。

「……ありがとうございます。それではよろしくお願いします」

レジデンスの地下駐車場に止められた美しい流線形のパールホワイトの車へ案内される。前回目にしたフォーレンハイト社最高級グレードの車だ。

助手席のドアを開けて私を乗り込ませ、彼は車の前を回って運転席に座る。

エンジンをかけると、足もとから重低音が響いた。

助手席に乗るのは久しくなかったので、父とドライブしたことを思い出してシートベルトを急いで装着する。

こんな恋愛経験のない私で、征司さんはいいのだろうか。育ちがよくて、もっと気のきいた会話や上品な所作ができる女性の方が、世界のフォーレンハイト社のCEOの妻にはふさわしいのでは。そんな思いでいっぱいになった。

車が見慣れた道路を走っている。あと一分くらいで自宅に到着する。

「あの……」

助手席に乗り込んだときによぎったことをずっと考えていた。もう一度ちゃんと確かめなくては。

「どうした？」

「……私、今まで恋人がいたことがないんです。征司さんのような方は、私では物足りないと思われるのではないかと」

車が自宅前に停車した。征司さんが私へと顔を向ける。

「俺がどんな男だと思っている？　女性と取っ替え引っ替え付き合っていて、恋愛経験が豊富だから自分みたいなウブはすぐ飽きられそうだと？」

「取っ替え引っ替えとは言っていませんが、正直言ってその通りです。でもそれだけじゃありません。妻として征司さんの隣に立ったときに、ふさわしいと思ってもらえる女性の方がよいのではないかと。例えば良家出身とか」

するとﾠ、征司さんはあきれた笑いで口もとをゆがめる。

「過去、たくさん恋愛をしていたわけじゃない。それに、恋愛経験のある相手がいいなんて考えは俺にはない。良家出身？　家族関係が面倒なだけだ。言っただろう？　沙耶はきちんとした女性で好ましいと」

「でも、自信がないんです」

「そこが沙耶のいいところだ。自信過剰の女性は好きじゃない。だが、それなりの自尊心は必要だ。自信がないのなら俺がつけさせてやる」

節のある長い指が私の顎にかかる。

え……？

目を見張っている間にどんどん征司さんの整った顔が近づき、唇が重なった。

私はただあっけに取られ、頭にあるのは彼の長いまつげと官能的な口もとの残像だけ。ほんのり甘く、爽やかで上品な彼の香りに包まれる。

驚くくらいに優しい唇の動きで、甘い余韻を残して征司さんは離れた。

ぼうぜんとなる私にふっと笑みを漏らす。

「キスをしているときは目を閉じるものだ」

「あ……す、すみません。驚いてしまって……」

「沙耶の反応は楽しいな。こんなキスは挨拶程度のものだ。驚いていたら身がもたないぞ」

去年の四月に第二秘書になってから、彼とこんな近い距離感になることなんてもちろんなかった。彼の言葉や一挙手一投足に心臓が暴れて困る。

「お、おやすみなさい。気をつけてお帰りください」

「その言葉も〝気をつけて帰ってね〟でいいんだ。じゃあ。また明日」

運転手側のドアを開けて出ようとする征司さんのスーツの袖に思わず手を伸ばす。

「座っていてください。自分で降ります」

動きを止めた彼は私へと顔を向ける。

「君は俺の婚約者だ。今までの上司と部下ではなく、将来の妻として敬意を持って接するつもりだ」

真摯な眼差しで見つめられる。

ただの見せかけの妻であっても、周囲に対してボロが出ないよう徹底するという意味だろうか。

微笑した彼は手を伸ばして私の頬を軽くなでた。

「わかりました。で、では、お願いします」

その返答がおかしかったのか、征司さんは「クッ」と笑みを噛み殺し「じっとしてろよ」と言って車外へ出た。


家に入りまだパンプスを脱がないまま、ドキドキする鼓動が収まるように両手を頬にあてる。

そこへリビングのガラス戸がガラッと開いた。

「お姉ちゃん、おかえり。上がらないでなにやってるの？」

亜理紗は不思議そうな顔をしてから、「ははーん」とニヤける。

「いつもよりもおしゃれしているし、夕食を食べてくるって言っていたから、デートだったんだね？」

祐輔さんと結婚を決めたときは、亜理紗が大学に入ってからおいおい話そうと考えていた。それは、本来は苦手な祐輔さんを自分の結婚相手としてしっかり紹介する自信がなかったからだ。

征司さんだって偽装結婚であることになんら変わりはない。違うのは自分自身の気持ち。でもそれは報われないのだから、封印しなくてはならない感情……。

いずれにせよ、土曜日に亜理紗と征司さんを会わせなくてはならない。

話すなら今よね。

「亜理紗、彼のことを話してもいい？」

パンプスを脱いで上がり框《かまち》に歩を進める。

「あらたまってどうしたの？　なんでも私に話さなくたっていいんだよ？　お姉ちゃんが幸せならね」

「うん。とても幸せよ」

憧れていた人とこんなふうになれるなんて思ってもみなかった。実際、ふたりで会えば会うほど、彼の人となり、考え方に惹かれていく。

「あ、そうだ。バナナを買ってきたの。バナナジュース作ろうか？」

リビングでバッグを置いてうなずく。

「いいわね。手を洗ってきちゃうね」

「OK〜」

亜理紗はリビングの隣のキッチンへ向かう。古い建物なのでキッチンカウンターではなく、独立している。

洗面所で手洗いうがいを済ませてリビングへ戻ると、ミキサーを回していた音が止まった。

すぐにバナナジュースの入ったふたつのグラスを手で持って、亜理紗が戻ってくる。

「できたよ〜」

ふたり掛けのソファに腰を下ろしている私の隣に妹が座った。

「ありがとう」

グラスを片手に、どこから切り出そうか思案する。

そこへ——。

「お姉ちゃん、付き合っている彼はどんな人？」

亜理紗から切り出してくれて話しやすくなった。

「頭がよくて、びっくりするくらいかっこよくて、地位もある人よ。モデルみたいに高身長で、優しくて、なにをおいてもスマートな立ち居振る舞いができる人」

「えー、そんな人いるわけないじゃん。お姉ちゃん、話盛りすぎっ」

ケタケタと笑う亜理紗だ。

たしかに征司さんのような男性は滅多にいないだろうと思う。

「で、なんの仕事してるの？」

「私の上司よ。フォーレンハイト日本支社の榊CEO」

「ええっ？　上司？　CEO？　もしかして、付き合っていたのをずっと隠してた？　オフィスラブってやつ？」

結婚するのに付き合っていなかったのは不自然だと考え「少し前から」と答える。

「もうびっくり……」

「でね、プロポーズされたの」

亜理紗は口をあんぐり開けたままぼうぜんとなっている。

「ショック……だった？」

祖母が亡くなってからはずっとふたりで生きてきたのに、突然の話に驚くのも無理はない。

「も……ちろん……あ、でもショックじゃないの。うれしいよ。お姉ちゃんもやるじゃん。私に隠しながら付き合っているなんてね」

亜理紗の言葉に心の底から安堵する。

「本当だよ？　私が北海道へ行ったらお姉ちゃんはひとりになっちゃうって、気がかりだったの」

「亜理紗……。亜理紗だって慣れない土地で勉強するのよ？　私を心配するどころじゃないわ」

「学校なんだから、友達だってたくさんできるよ。でも、お姉ちゃんは会社と自宅の往復だけだし、土日もとくに出かけない生活しているから」

亜理紗がそんなふうに考えていてくれたことに驚いた。

いつの間にか大きくなったんだなと、感慨深い。

「結婚かぁ。そんなすごい人が旦那様になるなんて、お姉ちゃん、いわゆる玉の輿ってやつだね。世界のフォーレンハイトの日本支社のCEOよ？　なんだか誇らしい気分。あ、でも、年があまりにも違うとか？」

「三十三歳よ」

「ひゃーそんなすごい人なのに若いなんて。ま、私にとってみたらおじさんだけどね」

亜理紗の〝おじさん〟に「ぷっ」と噴き出す。

会ってみてからもおじさん発言するのか楽しみになる。

「それでね、土曜日に亜理紗に会いたいって。夕食を一緒にどうかな？」

「いいよ。お姉ちゃんの相手をちゃんとこの目で見ておかないとね」

亜理紗はにっこり笑って、グラスに残っていたバナナジュースを飲み干した。

翌朝。出社してすぐに昨日のキスを思い出して、どんな顔をすればいいのかわからなかったが、仕事中は池田さんも同じ部屋にいるのだし、以前通りに徹しようと決めてコーヒーと承認してもらう書類を持っていく。

ドアをノックして入室すると、征司さんは池田さんと打ち合わせをしていた。

「それでは」と池田さんは自分の席へ戻り、征司さんは私へ顔を向けた。

「おはようございます」

コーヒーとファイルをデスクの上に置く。

「おはよう」

「本日のスケジュールは十四時からシアタールームにて、広報課とのＣＭ試写会になっております」

「ありがとう。沙耶さんも出席するように」

「かしこまりました」

試写会に同席するなんて今までなかったので内心驚いたが、平静を装って軽く会釈する。

「それでは失礼いたします」

プレジデントデスクを離れ、入口近くのデスクに座る池田さんに軽く頭を下げて執務室を出た。

秘書室に戻って、電話を終わらせた詩乃さんのもとへ向かう。

「詩乃さん、今日ランチご一緒できますか？」

席について詩乃さんに尋ねる。

「大丈夫よ？　あらたまっちゃって、どうしたの？」

「それはお昼に」

榊CEOに許可をもらったから、詩乃さんには事前に伝えておかなくちゃと気を引きしめる。

「わかったわ。なにかしら……ランチまでずっと気になっちゃうわね。常務のところへ行ってきます」

詩乃さんはふふっと笑って立ち上がった。

前回、祐輔さんとのことを相談したイタリアンレストランへやって来た。

詩乃さんはカルボナーラのランチセットにし、私は大葉とたらこの和風パスタセットに決めてオーダーをする。

さっそく祐輔さんとの破談の経緯を話した。お酒をかけられたと言った途端、詩乃さんは怒りをあらわにする。

「なんですって！　とんでもなく卑劣な男ね！」

「縁が切れてさっぱりしています」

「そうよ。そんなやつに沙耶さんはもったいなさすぎるもの」

オーダーしたランチセットが運ばれてきた。

「食べましょう。いただきます」

詩乃さんは両手を合わせて、フォークを持ってグリーンサラダを口に運ぶ。

どうしよう……征司さんの話がしづらい……。でも、社内報で知られる前にちゃんと話をしなくては。

「それで、詩乃さん。話はまだ続きがあって」

「続き？　その最低野郎が沙耶さんになにかしたの⁉」

ランチの時間は限られているので、詩乃さんはカルボナーラをフォークでクルクル巻いてから尋ねる。

「モヒートをかけられたとき、助けてくれたのが榊ＣＥＯだったんです。偶然お店にいて」

「榊ＣＥＯが？　いてくれてよかったわ」

「はい。えーっと、率直に言いますと、榊CEOは以前から私を好きでいてくれて、祐輔さんとの契約結婚の話を聞くと、俺と結婚してくれないかって言ってくださったんです」

詩乃さんの反応は、昨晩の亜理紗の顔と同じだった。ポカンと口を開けている。

「……驚きましたよね？」

詩乃さんはハッと我に返る。

「あたり前じゃないっ。驚いたってもんじゃないわよ。驚愕よ、青天の霹靂よ！　でも……う〜ん……なるほどね」

驚きを見せた詩乃さんだけど、妙に納得したそぶりに首をかしげる。

「なるほど……って、どういうことですか？」

「だって、第二秘書にまだ二年目だった沙耶さんを抜擢したのが不思議だったの」

たしかに経験の浅い私が第二秘書になれるとは思ってもみなかった。しかし、あのときは私しか異動できる秘書がいなかったのが理由だ。

私が思案している間に、詩乃さんは続ける。

「榊CEOは最初から沙耶さんを気に入っていて、声をかけたかったんじゃないかしら。でも忙しくてままならず、ピンチの沙耶さんを偶然見かけてチャンスをものにした。どう？　私の考えはあながち間違っていないと思うの。じゃなければいきなりプロポーズなんてするわけないもの」

詩乃さんの勝手な憶測のおかげで、話す手間がかからず助かった。

「あー！　ハイブランドのお土産も納得だわ」

「そんなところ……なのでしょうか」

ここで詩乃さんの言葉を否定したら『じゃあ、なぜ？』となりそうなので濁した。

「沙耶さん、フォーレンハイトのＣＥＯ夫人になるのね。すごいわ」

〝ＣＥＯ夫人〟にピンとこなくて苦笑いを浮かべてから口を開く。

「破談になってすぐにこんな話で、無節操ですよね」

「そんなことないわ。もともと最低野郎とは、恩のある方と妹さんのために契約したんだし。はぁ〜しかし、ここぞとばかりに沙耶さんをものにしちゃうなんて、榊ＣＥＯさすがだわ」

「そう言っていただけると、気持ちが楽になります」

「もともと、最低野郎とのことは私しか知らなかったんだし、気にすることないって」

にっこり笑ってパスタを口に運ぶ。

「沙耶さん、食べないと時間がなくなるわよ。食べながら話しましょう」

「はい」

残り二十分しかなく、急いでパスタを口に入れた。

十四時からのCM試写会のため、十五分前に三十五階のシアタールームへ赴く。

「お疲れさまです」

広報課の社員十人が揃っており、挨拶をする。

広報部長と課長などは「お疲れさまです」と声をかけてくれるが、広報課の女性三人は以前から榊CEOのファンで、第二秘書の私を良く思っていないのか、周りにはわからないように無視や嫌みなどで攻撃してくる。

いつものように彼女たちは目と目を合わせてもなにも言わずに、三人で話をしていた。私よりも入社歴は長い先輩たちなので、こちらからはなにも言わないでいる。

常務取締役や専務取締役、各部署の部長クラスも私が入室して二分くらい経ってやって来た。

腕時計へ視線を向ける。征司さんはまだだが、突発的な電話などがない限り時間に正確なので、もうそろそろ現れるだろう。

腕時計から顔を上げたとき、先ほどの女性たちが出入口へ近づくのが見えた。

そこに征司さんの姿を認め、うしろから池田さんが入ってきた。

広報課の女性たちは征司さんに向かって、にこやかに挨拶をしている。

征司さんは無表情を崩さずうなずくだけで、出迎えた広報部長と話をして座席の方に歩いてくる。

シアタールームは三十人収容でき、大型スクリーンと映画館のようなワインレッドの椅子が一列六席の五列からなっている。

一番前の席でもスクリーンが見やすいように作られているので、お偉方から一列目に着座する。

一列目の真ん中の前辺りにいる私は、征司さんに会釈して「どうぞ」と手で示してから、事前に座る予定だった五列目へ向かおうとした。

「栗花落《つゆり》さん、ここへ」

ところが、ど真ん中のワインレッドの椅子に腰を下ろした征司さんは左隣の椅子を示す。さらには、業務の場に似つかわしくないほど甘やかな目つきで見つめてくるので、ドクンと鼓動が高鳴った。

困惑する私に池田さんが「早く座りなさい」と指示して、彼はひと席空けた隣に腰を下ろした。

征司さんの右側の席には、すでに重役たちが座っている。私も早く座らないと皆さんを待たせてしまう。

「失礼いたします」

彼の隣へ行き、戸惑いをごまかすように持っていた資料に目を落とした。何気なさを装うが、心臓はバクバクしている。

いまだかつて、こういう場面で征司さんの隣に座ったことなんてない。どういうつもりなんだろう。

広報部長が挨拶をしたのち室内の明かりが落とされ、新型のSUV車のCMのロングバージョンから大型スクリーンに流される。

山道を走る美しい車体は、白いドームのような建物が並ぶおしゃれなグランピングの場所に到着し、SUV車の中から子どもたちが出てくる。

幸せいっぱいの家族がバーベキューをしているシーンのうしろにSUV車が映り、ロングバージョンのCMは終了した。

ショートバージョンや車体のカラー違いのCMも流れた後、室内の明かりが灯る。

「CMは四月十日からになります。夏休みに向けてファミリー層をターゲットに打ち出していきます」

広報課長が前に出て説明をする。

「沙耶さん、このCMをどう思った？　率直な意見を言ってくれ」

静まる室内の中で、突然征司さんに尋ねられて肩が跳ねるが、急いで口を開く。

「爽やかで、家族のほのぼのとした、楽しい雰囲気が伝わるいいCMだと思います」

「そうだな。この車と家族が欲しくなったよ」

麗しい笑みを向けられて、CMを見ている間に収まっていた鼓動が再び暴れだした。

「榊CEOにそう言っていただけるとは。独身男性にも影響がありそうですな。いや、私も欲しくなりましたよ」

常務が満足そうにうなずく。

「広報課の皆さん、お疲れさまでした。満足のいく出来でした」

そう言って征司さんが椅子から腰を上げ、全員が立ち上がる。

「沙耶さん、行こう」

え？

征司さんに促され、シアタールームのドアへ向かった。

エレベーターに向かって歩いているのは私と征司さんだけだ。

「榊CEO、池田さんは……？」

「広報課と話をしている」

私がエレベーターの呼出ボタンを押す前に、征司さんが手を伸ばす。

「申し訳ありません」

「前にも言った通り、これくらいで謝る必要はない」

エレベーターが到着して乗り込む。

「沙耶の入れたコーヒーが飲みたい。持ってきてくれないか」

突然甘い声音で呼び捨てにされ、一気に体温が上がった。ふたりきりの空間で、距離感がCEOと秘書から婚約者っぽいものに変わった気がして戸惑う。こんなところでも徹底してキャラづくりするつもりなの？

「かしこまりました。ですが、名前で呼ぶのはやめた方が。誰かに聞かれます。それと、先ほどの座席は困ります」

「あと数週間もしないうちに社内報に載せるのだから、噂をまき散らしたい社員は勝手にすればいい。座席は、俺の第二秘書がいかに重要視されているか知らしめただけだ」

もしかして、広報課の女性たちのことを言っている……？

エレベーターが四十階に到着した。

「コーヒーを入れてまいります」

「よろしく」

エレベーターを降りたところで別れる。

颯爽とした足取りのうしろ姿に見惚れそうになるが、キュッと口もとを引きしめ秘書室へ入り、デスクに書類を置いてから給湯室へ向かった。


「失礼いたします」

執務室へ入室すると、池田さんはまだ戻っていなかった。

プレジデントデスクに歩を進め、コーヒーの入ったタンブラーを置く。

「ありがとう。土曜日だが、妹さんの反応はどうだった？」

「はい。昨晩話したら驚いていましたが、自分が東京を離れるので私のことが心配だったと。小さい妹と思っていたのに、いつの間にか大きくなっていました」

「本当に母親みたいだな」

履歴書に母親は夫の死後再婚し別居とだけ書いたが、娘たちを捨てたことも伝えた方がいいのだろうか。それは今ではないが。

「堂本さんにもランチのときに話をしました。いちおう、榊ＣＥＯが私を見初《みそ》めたという話を信じてくれました」

「それでいい。では、今日か明日の夜にエンゲージリングを選びに行こう」

「……すみません。妹といる時間を大事にしたいので、選んでいただいてもいいでしょうか？」

妹との時間を取りたいのもあるが、宝飾店に一緒に出向いてエンゲージリングを選ぶのは祐輔さんとのときを思い出してしまうし、自分からこれにしたいと言いたくなかった。

「俺に任せてもいいのか？」

「はい。もちろんです。ひとりで宝飾店に入りづらいのであれば、後日にさせてください」

「入りづらい？　そんなことはない。では任せてくれ。サイズは？」

「ありがとうございます。九号です。よろしくお願いいたします」

「行っていい」

「はい」

お辞儀をして執務室を後にしようとした私の背中に「待った」と声がかかり、プレジデントデスクの前へ戻る。

「妹さんが欲しいものは知っているか？」

突拍子もない質問に目が丸くなる。

「い、いいえ」

そういえば、亜理紗は昔からねだることをしない子だった。

「そうか……入学祝いを贈りたい。ノートパソコンは持ってる？」

「私が大学生のときに中古で買ったものを使っています」

征司さんは椅子の背もたれに体を預けて腕組みをする。

「中古？　もう何年も経っているだろ」

「まあ……そうですね。フリーズしてしまうこともあると。でもノートパソコンなんて高すぎます」

「大学生にとって必需品だろう？　レポートや調べ物をしなくてはならないだろうから、サクサク動く方がいい。遠慮はしないでくれ。俺にとっても義妹《いもうと》になるのだから」

「ありがとうございます。きっと喜ぶと思います」

妹にも気遣ってもらえ、感謝の気持ちで頭を深く下げた。

「お姉ちゃん、緊張しちゃう。これでおかしくない？」

土曜の昼間、ショッピングモールに出かけて亜理紗と今夜のための服を選んだ。

普段はカットソーとジーンズばかりなので、サックスブルーのシャツワンピースが着慣れないみたいだ。スカート部分は三段の切り替えがありギャザーが施されたティアード仕様で、フレアシルエットになっている。

亜理紗が緊張しているもうひとつの原因は征司さんに初めて会うからだろう。

「ぜんぜんおかしくないわよ。似合ってる」

「そっかな～お姉ちゃんみたいに着こなせていないっていうか……。お姉ちゃんはすっごく綺麗」

征司さんがホテルのバーラウンジで助けてくれた後、スタッフに頼んで用意してもらったワンピースだ。Ｉラインで身頃がケープになっていて着心地がよく、上品な立ち居振る舞いができそうな気持ちになる。

約束の時間は十八時。日比谷《ひびや》の『人見《ひとみ》』という寿司屋だ。予約は常にいっぱいで、一見さんお断りだと聞いている。そんな高級な店へ私も行ったことはなくて、亜理紗とともにとても楽しみにしていた。

地下鉄で有楽町《ゆうらくちょう》駅まで行き、そこから歩いて寿司屋へ向かう。

約束の五分前に到着し、三十代くらいの着物姿の女性に出迎えられる。

「栗花落《つゆり》と申しますが——」

「承っております。榊様はいらしておられます。どうぞこちらへ」

着物姿の女性が先立って案内してくれる。

「お姉ちゃん、すごいとこね」

亜理紗が私の服の袖をひっぱり小声で感心している。

店内はモダンなインテリアで寿司屋に見えないが、八人が座れるカウンター席があった。そこで四人が寿司を楽しんでいたが征司さんの姿はなく、奥へ歩を進める。

「失礼いたします。お連れ様がいらっしゃいました」

着物姿の女性が引き戸の外で声をかけて開ける。

そこにはもうひとつのカウンターがあり、六人掛けのテーブルに着いていた征司さんが立ち上がって、私たちのところへやって来る。

その姿に隣の亜理紗が「わっ」と目を見張る。

「亜理紗さん、はじめまして。榊征司です」

「つ、栗花落《つゆり》、亜理紗です！」

亜理紗はガバッと上体を倒した。

「お姉ちゃんの話で想像したよりも素敵なので、もうびっくりしちゃいました」

「お姉さんがなんて言ってたの？」

征司さんは興味深そうに亜理紗に尋ねる。

「えーっと、頭がよくて、かっこよくて、優しくて……ほかにも──」

「亜理紗、も、もういいから」

妹を遮って征司さんを見ると、楽しそうに口もとを緩ませていた。

「亜理紗ちゃん、沙耶は恥ずかしいようだ。座ろう」

私たちが並んで席に着くと、征司さんは私と亜理紗にメニューを見せて飲み物を尋ねる。

亜理紗は首をかしげてから、対面に座る征司さんへ顔を向ける。

「榊さん、値段がないのですが」

彼女はわからないことや気になったことなどは、すぐに聞く性格だ。

「好きなものを頼んでいいんだよ。それから、俺のことはお義兄さんと呼ぶのはどうかな？」

「はいっ、お義兄さんと呼ばせていただきます。それじゃあ……すりおろしりんごのジュースでお願いします。風邪をひいて寝込むとお姉ちゃんがりんごをすってくれたのを思い出しました」

「亜理紗、そんなこと言わないでいいの」

征司さんにとって、知りたくもない話題だろう。

「沙耶、どうして？　いいエピソードじゃないか。俺も寝込んだとき作ってもらおう」

彼に麗しく微笑まれて目線を落とす。

征司さんが寝込んでいるところなんて想像できない。亜理紗の前だから、愛し合っている演技をしているのだろう。

そんな極上の笑みを向けられると、本当に愛されている気になってしまう。

「沙耶はなににする？」

「私も同じものでお願いします」

「では女将、俺もおろしりんごのジュースをもらおう」

征司さんがオーダーすると女将が個室から出ていき、私は口を開く。

「征司さんはお酒を飲んでください。料理に合わせて日本酒とか」

「いや、車だから。ちゃんと君たちを送らせてもらうよ」

亜理紗はにこにこしている。

「すごい。さすが大人の男性って感じで」

「亜理紗っ。征司さん、すみません。なんでも口に出してしまうんです」

「天才肌なのだと思う。それに俺には印象が悪いように聞こえないからぜんぜんかまわないよ」

　亜理紗がうんうんとうなずく。

「ですよね！」

　そこへ女将が飲み物を、壮年の男性が大きな木の箱を持って入室してきた。

「榊様、ご来店ありがとうございます。相変わらず出張で多忙なのでしょうか？」

「まあ、そんなところです。大将、今日は大事な人たちを連れてきたので、よろしくお願いします」

「はい。心を込めて握らせていただきます。まずはキンキの煮つけをどうぞ」

　男性ならばひと口で食べられるくらいの小ぶりな魚の切り身が、美しいお皿で出される。皮の色が綺麗な赤色だ。

「沙耶、亜理紗ちゃん、食べよう」

「いただきます！」

　亜理紗は両手を合わせて煮つけを口にして「ものすごくおいしいですっ」と満面の笑みを浮かべる。

　今まで食べたことのないワサビの添えられたあん肝や、白身魚のすり流しにウニがのせられた前菜を楽しんだ後には、大将が目の前で大トロを握ってくれる。

私は何度か仕事で食べたことがあるが、亜理紗は初めてだ。

口に入れた彼女は「とろける～お姉ちゃんおいしいね」とため息を漏らす。

「まだ食べたかったら頼むといい」

征司さんが楽しそうでホッとする。十代の女の子と接することなんてないであろうから、気づまりではないかと思ったのだ。

彼が気づまりになることなんてそうそうないだろうが。

「ありがとうございます！　もう、ホントすごいです。おいしくてヤバい」

「亜理紗、言葉遣いをちゃんとして」

たしなめると、妹は舌をペロッと出す。

「沙耶、いいんだ。亜理紗ちゃん、気兼ねなく思ったことは言ってほしい」

「お義兄さん、ありがとうございます。おばあちゃんが亡くなった後、お姉ちゃんしかいなかったので、お義兄さんができてうれしいです。しかもこんなにかっこいいし」

征司さんは亜理紗の心を掴んだようだ。

「俺の両親も喜ぶよ。父は脳外科医なんだ。大学の勉強で忙しいと思うが、休暇には戻ってきて会ってくれ」

「お医者様だったんですね。はいっ。お話聞きたいです」

私も征司さんのお父様が脳外科医だと初めて知った。以前車の中で話してくれたのは、日本人の医者と結婚して現在世田谷区に住んでいることだけだった。

「沙耶、まだまだ食べられるだろう？　好きなネタを頼んで」

征司さんに言われて次のネタを悩む。

「大将、なにがお勧めですか？」

「エビはいかがですか？　牡丹《ぼたん》エビの身がぷりぷりでいいですよ」

「おいしそうですね。それをお願いします」

大将は握った寿司の表面に刷毛《はけ》で醤油をサッと塗って出してくれる。

さっそく口にして笑みを漏らす。

「とてもおいしいです」

「ありがとうございます」

それからも新鮮なネタの握り寿司を堪能して、お店を後にした。

征司さんが車で送ってくれて、自宅に着いたのは二十一時過ぎだった。

車から降りた彼はラゲッジルームから大きな箱を出して、車外に出た亜理紗にそれを渡す。

「え？　これって、ノートパソコン……？」

抱えた亜理紗は困惑している。

包装されておらず外箱にリボンがかけられているので、箱を見ればノートパソコンだとわかる。

「ああ。沙耶のお下がりを使っていると聞いたから。入学祝いだよ」

「お義兄さん、すっごく最高ですっ！　ありがとうございます！」

亜理紗の目が潤んでいてとても感激しているのがわかって、私の涙腺も緩む。

「征司さん、ありがとうございます。こんなに喜んでいる亜理紗を見るのは久しぶりです」

「亜理紗ちゃん、向こうで困ったことがあったらいつでも気兼ねなく話してほしい」

妹は言葉に出せないようでコクコクとうなずく。

「じゃあ、沙耶。おやすみ」

「今日は最高においしい食事をありがとうございました」

「俺も楽しかったよ。家の中に入って」

「いいえ。見送ります」

征司さんは「わかった」と言って、パールホワイトの愛車に乗り込んだ。

「お義兄さん、さようなら！」

プッと小さくクラクションを鳴らして車は動きだした。

彼にとってこの時間は宵の口だろう。どこかへ繰り出すのかな、さっきはお酒を飲んでいないし。私たちとじゃ物足りなかったのではないか。

角を曲がって見えなくなるまで見送っていたが、この後どうするのか気になってしまった。

「家に入りましょう」

亜理紗と並んで玄関に近づき、鍵を開けて中へ入る。

「お姉ちゃん、素敵な人だね。こんなふうにしてもらっちゃっていいのかな」

「亜理紗が喜ぶのがうれしいと思うわ。これで勉強がんばって」

「うん！　お姉ちゃんにお義兄さんがいれば安心して、向こうで勉強できる。さっそく開けてみるね。セットアップしなくちゃ」

亜理紗はリビングへ行き、満面の笑みを浮かべながら箱を開け始めた。

五、榊CEOの甘い命令

翌日の十五時過ぎ、羽田空港の保安検査の入口で亜理紗と別れて、展望デッキへ向かう。

いつでも会えるとわかっているけれど、目頭を熱くさせてしまった。

がんばって勉強をして、亜理紗の前途が明るいものでありますように。

展望デッキに出ると、四月に入ったばかりの日曜日は家族連れや見送りの人々で混んでいた。

どの飛行機に亜理紗が乗るのかまったくわからないが、出発時刻過ぎまでこの場で見ていたかった。

グレーに小花を散らしたワンピースがしわにならないようにベンチに座り、飛び立つ旅客機をぼんやりと眺める。

しばらくして腕時計で時間を確かめると、あと五分ほどで出発時刻だった。

そろそろフェンス近くに行こうかな。

「沙耶」

名前を呼ばれてハッと顔を上げた先に、紺色のジャケットに白のTシャツにジーンズ姿の彼が立っていた。

「征司さん……」

「昨日時間を聞いていたから、きっとここにいるだろうと思ったんだ」

「お忙しいのに」

「用事を済ませてきたから遅くなった。もうすぐだろう？」

「あ、はい」

征司さんは手を差し出して私を立たせてくれ、フェンスの前まで歩を進める。

手はつながれたままでそちらを意識してしまい、妹を見送る寂しい気持ちが和らぐ。

「どれに乗っているのかわからないですね」

同じ航空会社の機体は数機、離陸を待っている。

亜理紗の乗る同じキャリアの機体を目で追っているうちに、出発時刻が過ぎてしまった。

彼女はすでに空の上で、夢に向かって胸を弾ませているだろう。それは私の願いでもある。

「征司さん、昨日はごちそうさまでした。ノートパソコン、亜理紗の宝物になったみたいです。大事に持っていきました。ありがとうございました」

「無邪気でかわいい義妹だ。七歳しか離れていないのに、沙耶は早く大人になるしかなかったんだろうな」

「え？」

滑走路から征司さんへ顔を向ける。

「君ももっと感情を出した方がいい。亜理紗ちゃんのように」

「もともとこんな性格なので……」

「いや、いろいろなものを背負って生きてきたせいで、生真面目で、まず考えてからものを言うようになったんだろう」

父が亡くなるまでは、私も亜理紗のように無邪気で天真爛漫な性格だった。嫌なものは嫌で、わがままを言うこともあった。

でも母に捨てられ、年老いた祖母と暮らすようになって、しだいに今の自分になっていったのだ。

「……征司さんの洞察力はさすがですね。私も亜理紗みたいな性格だったんですよ」

「君は俺の妻になるのだから、これからは自分の中に押し込めずになんでも話してほしい」

力強い腕に包み込まれている感覚だった。これが包容力というものなのだろうか。

愛されてはいないけれど、征司さんはきっと私を大事にしてくれる。

「はい、これからよろしくお願いします」

征司さんは私の頬に指先で触れて、満足そうに笑った。

「そろそろ行こうか」

手をつながれて征司さんが歩き出そうとする。

「え？　どこへ？」

「この後予定が入っているのか？」

「いいえ。家に帰るだけですが」

「よかった。行きたいところがあるんだ。着くまで内緒だ」

行きたいところ……？

着くまで内緒と言われてしまい困惑しながら、パーキングに連れていかれて征司さんの愛車に乗り込んだ。

着いた場所は銀座《ぎんざ》だった。有料パーキングに車を止めて大通りに出る。

「ここだ」

「あ……」

征司さんが立ち止まった建物は、ヨーロッパの街並みに合うような高級感漂う宝飾店の前だった。

「もしかしてエンゲージリング？」

やっぱりひとりで選びに来るのが嫌だったのかな。

「ああ」

「選んでくださいと……」

「だめだ。毎日身に着けるのだから、沙耶が気に入ったものを選びたい」

「……ありがとうございます」

そんなふうに考えてもらえて胸が熱くなる。

でもうれしくなった直後、すっと心が冷えた。彼がひとりで選んだものが私に不相応だったら、周囲に対して見え方が悪いのだろう。

入口に立っているスーツの男性に征司さんが名前を告げると、ドアが開かれて中に通される。

「榊様、ご来店お待ちしておりました。どうぞこちらへ」

黒いスーツを身に着けた男性が奥の部屋に案内し、ラグジュアリー感たっぷりな個室のソファに腰を下ろしたところで、彼は名刺を私たちに差し出した。店長とある。

「本日はエンゲージリングとマリッジリングをご用意させていただきました」

店員が黒のビロードの台座にのったいろいろなデザインの美しいリングを、次々と目の前のテーブルの上に並べていく。

宝飾の最高峰と言われるこの店のエンゲージリングは、美しい輝きを放っていて、私などが身に着けるのが申し訳ないくらいだ。

「沙耶、好みの形は？」

「大きすぎず、シンプルで、丸みを帯びたカットが……」

祐輔さんが見栄を張るために選んだのは、エメラルドカットの四角いものだった。

ここには類似しているエンゲージリングがなく、ホッとする。

「それでございましたら、ラウンドブリリアントカットはいかがでしょうか？」

ダイヤモンドのセンターストーンの周りに小さめのダイヤモンドが縁取り、シンプルなプラチナ台のエンゲージリングが私の目の前に差し出される。

「おつけいただけますと、雰囲気がおわかりになるかと。どうぞ」

白い手袋をした手で台座からそれを取り、私の左手にはめる。

「よくお似合いですよ。ジャストサイズでございますね」

お世辞は受け流し、これはいったいいくらなのだろうと考えてしまう。

陳列されている好みの形では一番小さいものだが、どのダイヤモンドも大差ない。

「沙耶の好きなのにすればいいよ。どれも似合うだろうが」

「ほかのをつけたらますます選べなくなります。直感でこれが気に入りました。こちらでいいでしょうか……？」

値札が見えないが、どれもフォーレンハイト社の小型車が買えそうなくらいだろう。以前、詩乃さんが買ってきたファッション雑誌を見ていたときにダイヤモンドリングの広告に惹かれ、値段を彼女に聞いたら現実離れしていてびっくりしたことがある。

「もちろんだ。沙耶が気に入ったのでいい」

征司さんは力強くうなずいて口もとを緩ませる。

「エンゲージリングはこれを。次はマリッジリングを見せてください」

もうマリッジリングを選んでしまうのかと驚いているうちに、征司さんはひと粒のダイヤモンドがプラチナ台に埋め込まれたリングと、私にはぐるりとダイヤモンドが施されているリングを選んだ。

男性物のマリッジリングは、バゲットカットといわれる長方形のダイヤモンドが施されている。私のもシンプルでいいと征司さんに告げたが、君はＣＥＯ夫人になるのだからと却下されてしまった。

結婚して重ねづけをしたら、高額すぎて常に気になってしまうレベルだ。

三つの指輪はサイズ直しすることなく、持ち帰ることができた。

宝飾店を出ると、十八時を回っていた。

「この先の予定を話しておきたい。俺の住まいを見ておくのもいいと思うんだが？」

〝俺の住まい〟と聞いて、心臓がドクッと跳ねる。

男性がひとりで暮らす家に上がると考えたら、本来は警戒すべきなのかもしれない。

でも私は見せかけであっても妻になる身だし……などと考えかけて頭を振った。

ただ単に、彼は話をしたいから家に招くだけよ。

「そう……ですね。征司さんのお住まいを見てみたいです」

いずれは私も住むことになる場所。会社ではなかなか話も詰められないし、いつ社内報で告知するのか気になっていたからいい機会だと考えを切り替えた。

征司さんの住まいは、五つ星ホテルに隣接する三十階建てのレジデンスの最上階だった。

「入って」

大きな玄関のドアを開けて、先に入るよう促される。

「お邪魔します」

男性の家に入ったのは初めてで、緊張で硬くなりぎくしゃくとした動きにならないように歩を進めると、うしろから来た征司さんにオフホワイトのスリッパを出される。

「ありがとうございます」

征司さんはダークブルーのスリッパへ足を入れて、廊下を進む。

スリッパが二足……。

独身男性の家に色違いのペアのスリッパがあるということは、女性の影を感じられなくはない。もしや私と結婚することによって、泣く女性がいるのでは？　でも、そうしたらその人と結婚すればいいはずだし……。

「どうした？」

突っ立ったまま考え事をしてしまい、ついてこない私に征司さんが振り返る。

「あ、いえ」

廊下からリビングルームに入ると、「わぁ」と思わず声が出る。

一面窓で、東京のシンボルタワーが見えたのだ。

「素敵な眺めですね」

ここだけで広さは三十畳くらいあるだろうか。

「毎日見ているせいで、とくになにも思わなくなったかな」

たしかにオフィスからも見えるし、征司さんは世界中飛び回っているので、素敵な景色を目にしているはず。東京のシンボルタワーくらいで感激はしないのだろう。

「もうそろそろ腹が減ってきているだろう。ホテルから料理を運んでもらおうと思うが、なにが食べたい？」

「ありがとうございます。なんでもかまいません」

「沙耶、食べたいものを言ってくれ。今は上司と部下の関係じゃないんだから」

征司さんはチェストの引き出しからファイルを手にして戻ってきた。

「ソファに座って。メニューを見よう」

東京のシンボルタワーが見える位置を示され、そこに腰を下ろす。驚くことに隣に征司さんが座り、メニューを開き渡された。そして彼もメニューを見るために顔が近づけられる。

あまりにも至近距離すぎて、心臓がキュッとなった。

「どれがいい？　沙耶が食べたい料理を選ぶんだ」

ドキドキと暴れる鼓動を気にしないようにして、メニューに集中してめくったところで目を留める。

「では……中国料理はいかがでしょうか?」

「いいね。そうしよう」

私たちは食べたい料理を選ぶと、征司さんはスマホでオーダーを済ませる。

「食事が来る前に部屋を見せるよ」

彼は私を立たせると、リビングの隣の部屋へ案内する。そこは十畳くらいでなにも置かれていない。

「ここは君の荷物を置く部屋だ。あの家は立ち退くんだろう?　すべての荷物は入りきらないはずだから、使わない荷物はレンタルスペースを利用するしかないか」

「はい。祖母の物や亜理紗が持っていけなかったものはどこかに預けます。私の荷物はここで充分です」

私たちは形だけの夫婦なので、まさか一緒のベッドは使わないだろう。この部屋に私用のベッドを置いても広さは充分ある。

「隣が主寝室になる」

コネクティングルームになっていて、隣に通じるドアを開けた。

キングサイズのベッドが置かれており、リネン類は白で統一されている。

ここはまるでホテルのスイートルームのようだ。

「きちんと片づいているんですね」

「週二でハウスキーパーが入っているし、俺が出張ばかりでほとんど帰っていないせいだろう。ほかの部屋も案内する。行こう」

もうひと部屋は書斎になっており、先ほどのリビングルームの端にシステムキッチンがあった。バスルームやパウダールームも綺麗に片づいている。

会社に近く、かなり贅沢な賃貸物件だ。

リビングルームに戻り座ったところで、再び私の隣に来た征司さんは宝飾店のショッパーバッグから黒いジュエリーケースを取り出した。

「沙耶、左手を出して」

征司さんが手を差し出すが、行動に移せない。膝の上で組んだ両手をギュッと握る。

「どうした？」

「あの……本当に私でいいのでしょうか？」

「なぜまた話を蒸し返すんだ？」

お互いの目的のために受け入れた結婚。祐輔さんとのときは、嫌悪感はあれど割りきれていた。でも今、私は征司さんに特別な感情をいだいてしまっている。

もしもほかに特別な女性がいるのなら、いっそ私でなくそちらと一緒になってほしい。そうでないとこの先、耐えられなくなるかもしれない。

「私ではなく、妻にしたい女性がいれば――」

「いない」

真摯な瞳に見つめられて、足もとに視線を落としてから顔を上げる。

「スリッパ……」

「スリッパ？」

困惑した声で彼はスリッパへ目を向ける。

「ペアのものなので、女性がいるのではないかと思ったんです」

すると、征司さんは拳を口もとにあてて「クッ」と笑いを噛み殺す。

「これは新品だ。裏を見ればわかる」

「裏……？」

自分のスリッパを脱いで裏返してみると、白い革素材はほとんど汚れていない。

「わかったか？　沙耶のためのスリッパだ。ああ、こう言うと誤解を招くな。この家に女性を招いたことはない」

魅力的で女性社員からも絶大な人気があって自由な男性が、女性なしでいられるのだろうか。自宅には人を入れない主義とか？　あ、でもだとしたら私とも一緒に暮らせないことになるか。

「いたとしたら、君に頼まずにその女性と結婚するはずだろう？」

「その……」

もしかしたら、征司さんは男性が好き？　いつも一緒にいる池田さんとか……？

あらぬ方向に考えがいく。そういえば、バーラウンジに一緒にいたのも男性だった。

「その？」

「女性に興味はありますか？」

もしもこの考えがあたっていたら、私は池田さんや男性を相手に嫉妬心をいだいてしまう。

「は？」

征司さんがあぜんとなる。

「だって、不思議なんです。征司さんは誰もが恋人にしたいほど魅力的な男性で、仕事も私生活も順調のはずなのに、恋人がいないなんて」

「それで女性に興味がないと……もしくは男として機能しないんじゃないかって？」

「え？　き、機能？」

「そんな心配はいらない。今、ここで試そうか？」

「意味が……」

ずいと顔を寄せられて思わず体が引く。その瞬間、ソファの上に倒れる。

「あ、きゃっ」

天井が見えてすぐ、顔の横に彼の両手が置かれた。

征司さんは口もとを緩ませてから、焦点がぼやけるほどに顔を近づかせ、私の唇を奪う。

「んっ……ふ……ぅん」

角度を変えながら啄まれ、何度も重ねられる甘いキスに、どうしようもなく体の奥が反応してくる。

征司さんのキスに戸惑いながらも、強く跳ねのけられずにいる。それどころか、キスがこんなに気持ちがいいなんて。

送ってくれたときのキスは、征司さんの言う通り挨拶程度だった。

熱い舌が口腔内を探り始めて、ますます私は熱に浮かされたみたいに夢中になって応える。

そんな私の耳にうっすらチャイムのような音が聞こえ、ふいに征司さんがキスをやめて離れる。

「煽《あお》るから止まらなくなりそうだった」

ぼうぜんとなる私に手を差し出して上体を起こすと、征司さんはソファから玄関へ移動した。

あ、煽るからって……。

火照った頬に両手をあてる。

そこへ征司さんとグレーの制服姿の男性が現れた。料理がのったトレイを持っている男性は、ダイニングテーブルの上にお皿を並べていく。玄関から数回往復してすべてを運び終えると、保温のためのクローシュをはずして帰っていった。

「こっちにおいで。熱いうちに食べよう」

キスしたことなんてなかったかのような極上の笑顔を向けられて、複雑な心境だ。

私はまだ心臓が暴れているのに。

征司さんの目を見られずにダイニングテーブルに近づくと、紳士的に椅子が引かれた。私を座らせた彼は、白い陶器に入ったお茶を茶器に注いで置いてくれる。

「ジャスミンティーだ」

「……いただきます」

口もとに持っていった茶器からはジャスミンの香りがして、爽やかに鼻をくすぐる。

ひと口飲んで思わずホッと息を吐いて、もう一度ジャスミンティーを飲む。

「さっきのキス、驚かせたか？」

「ゴホッ、ゴホッ」

気にしないでいようと思った矢先で、思わずむせてしまった。

「大丈夫か？」

ナプキンで口を覆った私に、前に座る彼は口角を上げる。

絶対に確信犯だわ。

「んんっ、だ、大丈夫です」

「それはキスの件？　むせた件？」

びっくりするくらい大きなフカヒレの姿煮を取り分けながら、しれっと尋ねる征司さんに頬を膨らませて抗議の意思を伝える。からかわれているのだ。

取り分けられたお皿が目の前に置かれる。

「りょ、両方です！　いただきます」

箸を手にして、ひと口サイズに切って口に入れた。

ほんの少し征司さんへ目を向けると、彼は楽しそうに口もとを緩ませている。

「とてもおいしいです。征司さんも召し上がってください」

会社では想像できないくらい甘い雰囲気で居心地がよくて、床に足がついていないんじゃないかってくらいに気持ちが浮き立つ。

「北京ダックはどうだろうか？　俺はここのが一番好きなんだが」

征司さんに勧められ、薄餅を一枚取ってネギやきゅうり、ダックの皮をのせ、甜麺《テンメン》醤《ジャン》ベースのたれをかけて包み、口に入れる。

甘みのあるたれでいくつでも食べたいくらいおいしい。

「あちこちで北京ダックを食べたわけではないですが、毎日でも食べたくなります」

「毎日か。沙耶がそう言うのなら毎日届けてもらおう」

「そ、それはたとえですから本気にしないでください。本当においしいですが、毎日では飽きてしまいます」

「冗談だ」

ジャスミンティーを飲んだ征司さんは破顔一笑する。

その後も征司さんは私をからかい、ドギマギする鼓動を抑えながら、スペアリブの甘酢煮やエビがたっぷり入った海鮮チャーハンなどを食べ終えた。

征司さんがキッチンからマグカップを両手にふたつ持って、ソファにやって来る。

差し出された飲み物には泡がたっぷりのっている。

「カフェラテだ。それじゃあ、仕切り直しだな。沙耶、左手を出して」

隣に座った彼は黒いジュエリーケースから、室内の明かりでも眩い光を放つエンゲージリングを取り出した。

これをはめたら、征司さんとの婚約が成立する……。

深呼吸をして左手を彼の胸の辺りに差し出す。

左手が取られ、薬指にエンゲージリングがゆっくりはめられた。

美しい輝きにため息が漏れる。

「沙耶、仕事中もはずすなよ」

「……はい。いつ、社内報に？」

「明日だ」

「え？　明日ですか？」

明日だなんて、心の準備ができていないのに。日本全国の社員たちが出社後に知ってしまうだろう。

「こ、心構えが……」

戸惑う私の頬に彼の手のひらがあてられる。

「沙耶、ゴールデンウィークに君をドイツに連れていって祖父母に紹介したい。その前に婚姻届を出そう。社員たちにはなるべく早く知らせておきたいし、おそらく心構えはいつになってもできないだろうな」

「……そうですね。きっとできないと思います」

そっと頬をなでられた手のひらが離れる。

それを寂しく思ってしまうなんて……。

「今週の土曜日は両親に会いに行こうと思っている。話をしたら、夕食を食べに来てほしいと言っているんだが、都合は？」

「都合は大丈夫です……こちらも避けて通れないですから、ご挨拶は早い方がいいですよね」

「その通りだ」

征司さんの両親やお祖父様とお祖母様に会うと思うと、今から緊張する。

「引っ越しはいつできる？」

彼は脚を組み直し、コーヒーを飲む。マグカップをテーブルに戻すと、膝のあたりに頬杖をつきこちらをじっと見つめてくる。

「五月末に立ち退く予定なので——」

「ちょっと待ってくれ。まさかその頃に引っ越すつもりなのか？」

征司さんはこちらを向いたまま背筋を正す。

「と……思ったのですが。荷物の整理に時間がかかるかと」

「業者に手伝わせるよう手配する。あの家にひとりで住むのはセキュリティの面で心配だ」

「でも……わかりました。ドイツへ行く前までには」

「ああ。できるだけ早めがいい、目標は今月中だ」

そう言った征司さんは腕時計へ視線を落とす。

「もう十時か。送っていく。ひとりで帰れるなんて言うなよ」

彼はソファから立ち上がり、私も腰を上げてマグカップふたつを手にした。

「明日はハウスキーパーが入るから、シンクに置いておけばいい」

「……はい」

洗うのに五分もかからないが、待たせたくなくて、マグカップに水を張って征司さんのもとへ戻った。

それから三十分後、自宅のリビングに入り「はぁ～」とため息を漏らしながらソファに座った。

車から降りるときにされたキスの感触がまだ残っていて、唇にそっと触れる。

玄関に入るまで一緒についてきてくれて、心強さを覚えた。

今まで玄関に入るとき、怖さなど感じなかったが、今日からひとり暮らしなのだ。しかも信じられないくらい高額なダイヤモンドを身に着けているので、よけいに気をつけなければと思う。

「そうだ！　スマホ」

亜理紗から連絡が入っているはず。

バッグからスマホを出してメッセージを確認すると、亜理紗から八件も届いている。

タップしてメッセージを見てみる。

【お義兄さんと会ってた？　私がいないけど、お義兄さんがいてくれるから安心してる。無事に着いて、寮からよ。写真送るね】

部屋や食堂などの写真が送られていた。

〝お義兄さん〟って、すっかり呼び方が板についている。

【征司さんと会ってたの。遅くなってごめんね。寮の部屋、いい感じね。同室の子と

仲よくね】

メッセージを送って、テレビをつける。無音が突として寂しくなったのだ。

「お風呂に入って明日に備えなきゃ」

ひとりだとしんみりしてしまう。

征司さんの言った通り、今月中には引っ越しさせてもらおう。


翌朝、普段と同じ電車に乗って会社に向かう。つり革を持つ左手にエンゲージリングがある。

服装は紺のワンピースにしてきた。ウエストをベルトでマークし、タイトすぎないスカートは膝下丈だ。

八時に秘書室に入りパソコンを立ち上げ、今週の征司さんのスケジュールチェックをする。出張はないが、来週は北海道と一日空けて福岡《ふくおか》が入っている。

ゴールデンウィークにドイツに行くのなら、もっとドイツ語を勉強しなくては。

八時半になって、メッセージボックスに会社からのメッセージが届いた。社内報だ。

慎重にクリックして内容を確かめる。

新しいSUV車のCMの件や、人事異動の知らせ。入社式が明日十時から近くの高級ホテルの会場で行われる旨とともに、全国から集まる二百名もの新入社員の氏名と配属先があった。そして最後に〝榊征司ＣＥＯが秘書課のＣＥＯ第二秘書、栗花落《つゆり》沙耶さんと婚約〟と書かれている。

「おっはよ～」

社内報を読み終えたところで、詩乃さんが出社した。

「きゃーっ、エンゲージリングしているじゃないっ。素敵！」

「おはようございます」

「もう～どんどん進んでるじゃない。リング見せて」

隣の席に座った詩乃さんは、私の左手を自分の方に引き寄せて見る。

「すごいわ。誰もがうらやむハイブランドじゃない。さすが榊ＣＥＯだわ」

「それで……突然なのですが、今日の社内報で私たちの婚約が発表に」

「ええっ？　本当に？　ちょっと見せて」

私のパソコンに社内報が表示されているのを見て、腰を上げた詩乃さんは顔を近づける。

婚約の箇所を読んだ彼女はため息を漏らした。

「うらやましくて、ついため息が出ちゃったわ。沙耶さん、おめでとう」

にっこり笑った詩乃さんにハグをされる。

「ありがとうございます」

祝福してもらえると気持ちが安らぐが、今日は秘書室から出るのも怖い。

「今週中は榊ＣＥＯと沙耶さんの婚約の話題で持ちきり決定だわね」

「そうですよね……」

「そんな心配そうな顔をしちゃだめ。榊ＣＥＯの婚約者なのよ？　胸を張って堂々としていればいいの」

そうしなければ笑われるのは征司さんなのかもしれない。

「はいっ。見かけは堂々とできるようにがんばります」

そこへ西谷《にしや》課長が出勤し、まっすぐ私たちのところへ歩いてくる。

西谷課長は厳しい面もあるが理屈に合わないことは言わず、私たち秘書にとって相談できるよき存在の四十代独身女性だ。大学卒業後、入社してからフォーレンハイト日本支社ひと筋の十八年選手である。

立ち上がって「おはようございます」と挨拶する。

「おはよう。ロビーで耳にしたんだけど、沙耶さん、榊ＣＥＯと婚約って本当なの？」

「はい。事実です。先にお伝えできずに申し訳ありません」

「それはいいのよ。おめでとう。びっくりしたわ。いつからお付き合いを？　結婚式はいつ？　仕事はどうなるの？」

詩乃さんが熱のこもった課長の様子に笑う。

「課長、週刊誌の記者並みですよ」

「あら、そうね。ごめんなさい。おそらく社員たち全員が気になる話題だから」

「はい、あの、月内には結婚する予定です。式はいろいろ大変で……仕事はこのまま続けさせていただきます」

婚姻届について昨日聞いておいてよかった。なにもわかりません……では怪しまれてしまうもの。でも、結婚式の話は出ていなかったから濁しておいた。

征司さんのためにコーヒーを入れていると、ふいに池田さんが給湯室に現れた。

「おはようございます。すぐに榊ＣＥＯにコーヒーを持っていきます」

「おはようございます。このたびはおめでとうございます」

池田さんは以前から私に対しても敬語を使う。

「ありがとうございます……」

前もって征司さんから聞いていたのだろう。でなければ、社内報に書けないだろうから。

「これで日々平穏になります」

「え？　どういう意味で……」

「いえ、こちらの話です。コーヒーを持っていってください。待っていますよ。私はお茶を入れてから行きますので」

「はい。それでは失礼します」

コーヒーの入ったタンブラーを持って、執務室へ向かう。

珍しく給湯室で池田さんとかち合ってしまったが、話ができてよかった。

ドアをノックした後入室すると、プレジデントデスクに着き仕事をしていた征司さんが顔を上げた。

紺色のスーツを着ているその姿を見るだけで胸が弾む。そして、同じ紺色を身に着けている偶然に、気恥ずかしさを覚えた。

「おはようございます。コーヒーをどうぞ」

「ありがとう。で、社内報は見た？」

「はい」

「硬い表情だな。なにか言われたのか？」

「おめでとうと。まだ秘書課の方にしか会っていませんが、皆さん驚きを隠せないようです」

「だろうな。気にせずにいればいい」

「そうします。では、明日の入社式の式次第を確認してまいります」

会釈して執務室を後にした。


今週の大きな仕事は入社式くらいだったが、金曜日の退勤時刻が近づく頃にはどっと疲れを感じていた。

明日は夜に榊家へお邪魔することになっている。でもその前に、けじめをつけなければならないと考えていた。祐輔さんのエンゲージリングのことだ。

退勤時間になり、詩乃さんが帰り支度を始めている。今日、婚約者と会うと言っていたので急いでいる様子。

「詩乃さん、お疲れさまでした」

「スマホ持ってどこへ？　直接執務室へ行けばいいのに」

スマホを手に立ち上がった私に尋ねる。

「ち、違います」

慌てて首を左右に振ると、詩乃さんが笑う。
「そうなの？　じゃあ、戻ってくる頃にはいないと思うから。お疲れさま」
給湯室へ行き、スマホの電話帳から増田さんの番号を出してかける。
五回ほどの呼び出し音で増田さんの声が聞こえた。
《増田です》
「沙耶です。お忙しいところ申し訳ありません。お加減はいかがでしょうか？」
以前のメッセージのやり取りでは、四月から仕事に復帰すると言っていた。
《ありがとう。抜け毛はひどいが調子はいいよ》
しかし、声の張りがないような気がする。
「……よかったです。増田さん、祐輔さんから贈られた婚約指輪をお会いしてお返ししたいのですが」
《それは売って亜理紗ちゃんの学費にあてるといい。慰謝料は辞退されてしまったからそれだけでも》
「いいえ。お話もあるので、明日午前中のご予定はいかがでしょうか？」
《大丈夫だよ。私が月島へ行こう。もんじゃ焼きが食べたくなった》
「はい。では、申し訳ありませんが月島で……もんじゃ店は……」

十一時三十分に約束して、通話を切った。

今日はこれからデパートへ赴き、明日の手土産を買いに行く予定だ。

用件を終わらせ秘書課へ戻ろうと廊下へ出たとき、向こうから征司さんと池田さんの姿が見えた。これから会食に向かうのだろう。

「いってらっしゃいませ」

私の前で立ち止まった征司さんに笑みを向ける。彼も口もとを緩ませる。

「いってくる。明日は五時に迎えに行くよ」

「はい。ありがとうございます」

征司さんは池田さんと歩き始めたが、私もエレベーターまでついていき、乗り込むふたりをその場で見送った。

六、一件落着と顔合わせ

「沙耶ちゃん」

約束のもんじゃ焼きの店で待っていると、増田さんが現れた。時間通りで、どうしてこの素敵な紳士のもとで祐輔さんのような性格の人が育つのかと、首をひねりたくなる。

「増田さん」

テーブルにやって来た増田さんに笑みを浮かべて頭を下げる。

「待たせてしまったかな？」

「いいえ。私も今来たばかりですし、家は目と鼻の先なので先に着いて当然です。顔色がよさそうなのでホッとしました」

「食欲もあるし、そう簡単に病気には負けないよ」

そう言って小さく笑った増田さんはジャケットを脱いで、ベンチタイプの椅子の下へ入れる。もんじゃの匂いはすぐ服についてしまうので、もんじゃ好きの増田さんの当然の行動だ。私も帰宅したらシャワーを浴びる予定だ。

私が知っている増田さんは大手企業の社長ではなく、勝手知ったる親戚の優しいおじさんだ。

ウーロン茶と海鮮もんじゃを選び、頼んでから本題に入る。

「先にこちらを。祐輔さんにお返しください」

ショッパーバッグを鉄板スペースの空いているテーブルに置く。

それには彼からのエンゲージリングが入っている。征司さんから贈られたエンゲージリングは今日はめてこなかった。

「本当にもらっておけばいいんだよ」

「いいえ。私、増田さんに謝らなくてはならないんです」

「いったいなんだね？　私が謝ることはあっても、沙耶ちゃんにはないはずだよ」

ウーロン茶が運ばれ、ひと口飲む。

「……増田さんの件がなければ、祐輔さんと結婚をしようと思いませんでした。恩のある増田さんに喜んでもらいたかったからです。彼は亜理紗の学費の件も援助してくれる形で。ですから、増田さんを騙していたんです。申し訳ありませんでした」

「沙耶ちゃん、君が嫁いでくれるのを喜んだが、一方ではこれでいいのかと胸を痛めていたんだ。祐輔は問題ばかりで、結婚したら沙耶ちゃんを悲しませるのではないかとね。結婚前にわかってよかったと心から思っている」

増田さんは気まずそうな顔で頭を下げる。

「顔を上げてください。私の方こそと言ったはずです。……祐輔さんと別れたばかりで話しづらいのですが、別の男性から前から好きだったとプロポーズされてお受けしたんです」

「そうだったのか……いや、おめでたいことじゃないか。しかし、沙耶ちゃんは本当にその人が好きなのかね？」

憂慮した表情だが、安心してもらいたくて笑顔でうなずく。

「はい。手の届かない人だとあきらめていたのですが、彼の気持ちを知って。今はとても幸せです」

「それならいいんだよ。沙耶ちゃんが幸せならば。お相手はどんな人なのかね？」

増田さんの反応が怖くて、深呼吸してから口を開いた。

「……榊ＣＥＯなんです」

「それは……いやはや、素晴らしい良縁じゃないか。世界のフォーレンハイトの日本支社ＣＥＯと結婚とは……驚いたよ。彼なら沙耶ちゃんが惹かれ、手の届かない人だと言うのも無理はない。納得したよ」

「お待たせしました！」

店主が海鮮もんじゃが入ったどんぶりを持ってきた。店主自ら作ろうとするところを、私がやりますと言って断る。

作り終えて食べながら祐輔さんの話も出たけれど、今増田さんと祐輔さんは険悪な仲になっていて、家に寄りつかないそうだ。

増田さんと別れて自宅に戻りシャワーを浴びて出たところで、亜理紗からアプリの無料電話がかかってきた。一時間ほど話をすると、もう出かける支度をしなければならない時間だった。

アッシュローズのワンピースは身頃がシフォン素材で、チューリップ袖になっており、膝下のスカートは総レースだ。ウエストにはいくつものパールが施されており華やかさがある。

かっちりしたツーピースよりも、こちらの方がやわらかい印象になるのではないかと思って昨日思いきって百貨店で購入した。

メイクを済ませ、髪はハーフアップにした。

支度を終えた最後に、増田さんと会っていたときははずしていたエンゲージリングをはめて、全体を姿見で確認する。

彼の両親はどんな方たちだろうか……。私を嫁として認めてくれるのか。心配はつきない。

そこへインターホンが鳴った。

クリーム色のハンドバッグと手土産、それと先ほど帰りに買った花束を持って玄関を出た。

そこにグレーのスリーピーススーツ姿の征司さんが立っていた。実家に帰るのだから普段着でもよさそうだが、私に合わせてくれたのだろう。

「お迎えありがとうございます」

一瞬、征司さんは私を見て涼しげな目を見張ったように見えた。それからすぐに彼は笑みを浮かべる。

そんな顔をされると心配になる。見せかけの妻として不十分だっただろうか。

「……いつもと雰囲気が違うな」

「これで大丈夫でしょうか……?」

「ああ。荷物を」

手を差し出され、手土産と花束を渡した。

四十分後、世田谷の閑静な住宅街の一角にある榊家に到着した。駐車スペースは三台分あり、フォーレンハイトの車とごく普通の国産車の二台が止められていた。

車を降りたところで、私の視線を征司さんがたどる。

「父さんは医者が外車を乗り回してと、言われるのが嫌でね」

「堅実な方なんですね」

私の父も教授だったので、生きていたらそう言うはず。

世田谷で駐車スペースが三台分、門はこの近辺より豪華で、そこから見える家も邸宅と呼ぶのがふさわしいくらいの大きさで豪奢だ。

家はもちろんだけれど、征司さんのお父様自身もきっと立派な人だろう。

手土産のショッパーバッグは征司さんが手にし、花束を私が持つ。濃いピンクのバラや同色のチューリップ、白のマーガレットとカスミ草で作ってもらった。

「行こう」

門のインターホンを押してから、敷地内へ歩を進める。一歩一歩進む足が緊張で微かに震えている。

私たちが玄関に着く前に、壮年の男女が待っていてくれた。

ドイツ人と日本人の親を持つお母様は美人だろうと想像していたが、驚くほど美しい。お父様は高身長で素敵だ。

両親の遺伝子を引いている征司さんが美麗なのは当然と言える。

「いらっしゃい。沙耶さん、ようこそわが家へ」

「沙耶さん、征司、いらっしゃい。楽しみにしていたのよ」

彼の両親は朗らかな笑顔で私たちを出迎えてくれ、心配で張りつめていた気持ちが少し緩む。

「はじめまして。栗花落《つゆり》沙耶と申します。本日はご招待ありがとうございます。気持ちばかりのものですが」

征司さんが私にショッパーバッグを渡してくれ、花束とともにお母様へ差し出す。

なんとか声を震わさずに挨拶できたと思う。

「そんなに硬くならないでね。綺麗なお花だわ。ありがとう。お土産も気を使わせちゃったわね。征司がやっと連れてきた女性なので私たちうれしいのよ」

「さあ、入りなさい」

両親に続き、艶やかな床の上がり框に用意されたスリッパに足を入れた。

室内はヨーロピアンスタイルのインテリアで、まるで外国映画で観た家みたいではうっと見惚れてしまう。

月島の古い平屋に住んでいたので、こういったインテリアは憧れる。征司さんのレジデンスもすごいけれどシンプルだからホテルのようで、実家の方が温かみがある。

「先に食事にしようと思うんだが」

お父様が征司さんと私に話す。

「いいんじゃないか。沙耶、たくさん食べろよ。母さんは食べさせるのが好きでたくさん作っているはずだ」

「征司、おもてなしなんだから当然よ。沙耶さん、ドイツ料理を作ったの」

「ありがとうございます。ドイツ料理はほとんど知らないので、いただくのが楽しみです」

「そうよね。ほとんどの人がウインナーとザワークラウトくらいしかなじみがないから。あ！　お鍋を見てこないと。あなたも手伝ってくださいね。征司、沙耶さんを案内して」

お母様は笑みを浮かべて、お父様と一緒にキッチンへ向かった。

ダイニングルームの楕円形のテーブルの上にドイツ料理が並んでいる。

見たことのない料理はとてもいい匂いがしておいしそうだ。

私は征司さんの隣に座り、前に両親がいる。

「征司、開けてくれる？　乾杯しましょう。帰りは運転代行サービスを頼めばいいわ」

お母様はシャンパンを征司さんに頼み、お父様が続ける。

「おめでたい日にシャンパンを開けないわけにはいかないだろう？　な？　征司、沙耶さん」

「ですね。沙耶、今日は飲もう」

「はい」

征司さんは慣れた手つきでシャンパンの栓を開け、私たちのグラスに満たす。

四人で乾杯してから、お母様は料理の名前やどんな食材で作られているかを話しながらお皿にサーブしてくれる。

シュバイネブラーテンと言われる香辛料と黒ビールで煮込んだ豚肉料理に、なめらかなマッシュポテトが添えられる。

鶏肉と生クリームのシチューのようなヒューナーフリカッセ、ほかにもいろいろな料理があって、話をしながらゆっくり食事を楽しんだ。

その後、リビングルームでチーズケーキとコーヒーをいただく。ドイツではチーズケーキのことを、ケーゼトルテというらしい。日本の濃厚なチーズケーキとは違うそうで、向こうではヨーグルトのような味わいだとお母様が教えてくれる。

「残念ながら、ケーキは作れないから買ってきたのよ」

「お料理とてもおいしかったです。ケーキ店までわざわざ足を運んでくださりありがとうございました」

食事の間だけで、すっかりふたりが好きになっている。

お父様は理論的で、落ち着いた声で心地いい。征司さんとも似ている。お母様は茶目っ気たっぷりで明るく、楽しませてくれる性格だ。

「沙耶さん、なんて素敵な女性なのかしら。さすがCEO秘書ね。所作も綺麗で、ちゃんとお礼を伝えてくれるし、あなたのような女性が征司の妻になってくれて安心だわ」

褒められて頬に熱が集中してくる。

「母さん、沙耶が困っている」

「沙耶さんは立派だよ。妹さんを支えて立派に大学生にしたのだから。征司、今度妹さんがこっちに戻ってきたら連れてきなさい」

「そう言うと思って彼女に伝えてある。ぜひと言っていたよ」

「楽しみにしているよ」

お父様に会ったら、亜理紗はとてもいい影響を受けてくれそうだ。

運転代行サービスがやって来て、後部座席に征司さんと並んで落ち着いたのは二十二時を過ぎていた。

「どうだった？　心配することでもなかっただろう？」

「はい。理想のご両親ですね。ご挨拶できてホッとしています」

だけど、お母様とふたりだけになったとき、『父は征司にはドイツ人の女性を妻にしてほしがったの。愛想が悪いかもしれないけど、気にしないでね』と言われたのが気になっている。

「どうした？」

ほんの少し沈黙して、征司さんが尋ねる。そして左手が彼の手に握られた。指を指の間に入れた恋人つなぎだ。

ふたりだけになると毎回そうだけど、こんなふうにされると、愛されていると錯覚してしまいそうだ。彼は機嫌がよさそうだから、今日に関しては婚約者としてうまく振る舞えたということだろうか。

「いいえ。あ、今日出かける前に亜理紗から電話があって。大学は楽しいそうです。パソコンも最高よって言っていました」

「彼女らしい。そういえば、ゴールデンウィークの亜理紗ちゃんの予定は？　こっちに戻ってきても沙耶がいないのでは寂しいだろう。一緒にドイツへ連れていってもかまわないが？」

「ゴールデンウィークの予定を聞いたら、ゼミと課題があるとかで帰ってこられないと言っていました」

「そうか……わかった。ところで、あの男の指輪は？」

「今日の昼間、増田さんにお会いして、エンゲージリングを返していただくようお願いしました」

「そうだったのか」

「はい。これですっきりしました」

暗い車内で、私は安堵の表情を浮かべた。

車から降りて玄関まで送ってくれた征司さんは、私が鍵を開けるのを見守っている。

「引っ越しの片づけを明日するんだろう？　人を手配しようか？」

「大丈夫です。毎晩帰宅してから片づけていたのでだいぶ進みました。あの……」

自分から引っ越しの話をするのは図々しいような気持ちになる。

「どうした？」

「来週の日曜日、征司さんのところに移ってもいいでしょうか？」

「もちろん。早ければ早いほどいい。君をここに帰すのは心配だ」

危ない目に遭ったことはないが、征司さんの心配が心地よく感じてしまう。

「では、日曜日に引っ越させていただきます。よろしくお願いします」

「ああ。おやすみ。今日は気疲れしただろう。ゆっくり休んで」

「はい。征司さんも」

ふいに両頬が手のひらに囲まれ、唇が重なる。物足りなさを残して離れ、中へ入るように促された。

彼の唇の温かさにドキドキして、でも愛情があるわけではないと思い直して気が沈む。彼にとっては夫婦らしさを演出するための行為でしかないのに……。

玄関の中へ入り、振り返って小さく手を振る。

「おやすみなさい」

「おやすみ。すぐに鍵をかけろよ」

外側からドアが締められ、言われた通り鍵をかけた。

征司さんの両親に挨拶できたし、あとは引っ越しと婚姻届を提出して……ドイツのお祖父様が最終関門……。

『父は征司にはドイツ人の女性を妻にしてほしがったの。愛想が悪いかもしれないけど、気にしないでね』

お母様の言葉が蘇る。

今から考えても仕方がないことよね。ドイツへ行くまでには時間がないけれど、できるだけドイツ語を勉強して、言葉を少しでも理解できるように努力をしよう。

七、蜜のように甘く指南されて

征司さんの両親に会ってから一週間が経ち、彼のレジデンスに引っ越した。

私の物はそれほど多くなく、あとは月島の家に残してある。五月いっぱいまでは賃貸契約をしているので、残った荷物は期限までにレンタルスペースに移動することにした。

レジデンスの私の部屋には段ボール箱が二十個ほどと布団一式が積まれていて、面積を占領している。ベッドがないから、征司さんに置いていいか聞いて、後で買いに行かないと。

「沙耶、ランチが届いた」

開けたままの戸口に征司さんが立っている。

「はい。ありがとうございます」

部屋を出て洗面所へ行き、手を洗ってからリビングルームへ入る。

ダイニングテーブルではなくソファの方のセンターテーブルにホテルに頼んだクラブハウスサンドと、征司さんが入れてくれたコーヒーとカフェラテが用意されており、ソファに腰を下ろす。

「荷物運んでもらってすみませんでした」

運送会社のスタッフが玄関に積んだ段ボール箱を、征司さんが運んでくれたのだ。

「いや、荷物はあれだけなのか？」

「もうこちらに持ってくるものはないと思います」

「では、あとの荷物はレンタルスペースに移動させるとき引っ越し業者に頼もう。それと、食事を終えたら区役所へ行こう」

「もしかして、婚姻届を……？」

征司さんが苦笑いを浮かべる。

「それしかないだろうな。ほら、食べて」

「いただきます。今日から夕食を作りますね。なにが食べたいか言ってください」

「今日は引っ越しで疲れているだろうから、ホテルに頼もう」

クラブハウスサンドを征司さんは頬張る。

「でも……」

「あと二週間でドイツへ行くし、突発的な出張もあるかもしれないから家事は無理にしなくていい。それより片づけや残りの荷物の業者手配などに時間をあててほしい」

征司さんの言うことも一理ある。優先順位をつける。それが彼のもとで学んできた鉄則だ。

「そうですね。わかりました。征司さん、部屋にベッドを置いてもいいでしょうか?」

「ベッド?」

マグカップを口にしようとしたところで、征司さんは首を傾けて私を見る。

「お布団一式持ってきているので、当座は問題ないですが」

そう言った途端、彼は「クッ」と笑う。

「今日から沙耶の寝るところは俺のベッドだ」

え……?

「別々に寝ると思っていたのか?」

見せかけだけの結婚なのだから、まさか同じベッドだとは思ってもみなかった。

一緒に寝るなんて、緊張して寝つけないかもしれない。

「……はい。あ、あの、私すごく寝相が悪くて。安眠できないと思うんです」

とくに寝相が悪くはないが、一緒に寝るなどハードルが高くて言ってみる。

「俺を蹴るとか? 沙耶の新しい一面の発見だな。しかし、結婚する以上、きちんと夫婦としての関係を築きたいと思っている」

それはつまり、体の関係も込みだということだろう。うっすらと予感はしていたが、なにせ経験もなく、そのあたりは考えないようにしていた。

「沙耶の気持ち次第だが。どう考えている?」

征司さんは片方の眉を上げて問う。

「……心の準備ができていなくて」

彼への想いを自覚している以上、もっと近づきたいという気持ちはある。でも初めてのことで、どうなっていくのか想像もできない。

顔に熱が集中してくる。

「準備なら俺がさせてやるから、沙耶は今まで通りでいい。食べたら行くぞ」

一緒に寝るなんて、今から考えるだけで胸の高鳴りが激しくなる。

はぁ……夜まで心臓がもたないかもしれない……。

昼食を済ませた私たちは管轄の区役所へ赴いた。

結婚を決めてから今日まで、瞬く間に過ぎてしまったが、私の気持ちは戸惑うことなく婚姻届に記入してサインをし、宿直室窓口に婚姻届を提出した。

その場でマリッジリングをお互いの指にはめた。

ドキドキと高鳴る鼓動のせいで手が震えそうだ。

私の指には二本のリングが眩い輝きを放っている。

「これから榊沙耶だ。よろしく」

「よろしくお願いします」

名字が変わったのも、征司さんの妻になったのも、まだまだ実感は湧かない。

栗花落《つゆり》という名字が大好きだったのでセンチメンタルな気分にも襲われるが、榊沙耶として新たにがんばろう。

「夕食まで時間がある。買い物へ付き合ってくれないか」

「はいっ」

征司さんのものを買いに行くと思ってついていったが、入店したのは会社近くの大規模複合施設内にある女性物の高級セレクトショップだった。

入店すると、女性スタッフが近づき「お待ちしておりました。どうぞこちらへ」と別室へ案内される。

そこにはキャスターのついたハンガーラックがあり、女性物の服がかけられていた。

征司さんはダークグリーンのワンピースを手にして、全体のデザインを確認している。

買い物って、私の服……？

「征司さん、もしかして私の服を選ぼうと思っていますか？」

「ワンピースを俺が着るわけがないだろ。ドイツ滞在中に必要になる。まだ向こうは寒いから、少し厚手の服を用意してもらったんだ」

「段ボール箱から出せば洋服はあります……」

そう言ってから、思い直す。ドイツへ行く目的はお祖父様に挨拶に行くことだ。

持っている服はどれもリーズナブルなものばかりだから、大富豪の一族の前に出たら征司さんが恥ずかしい思いをする。彼はそれをわかっていてここにつれてきたんだ。妻として形だけは繕わなくてはならないのに、意識が足りなかった。

「俺からのプレゼントを受け取ってほしい」

征司さんは私を傷つけないように、持っているものがふさわしくないからだとは決して言わない。

「わかりました。考えてみたらおしゃれな服はほとんど持っていませんでした」

「さあ、一緒に選ぼう」

征司さんは微笑みを浮かべ、いろいろなシーン別に洋服を選び始めた。

自宅へ戻り、一着だけ持ち帰ったシフォン素材のスモーキーピンクのワンピースに着替えるように言われる。

「今日は結婚記念日だから、ホテルのレストランで食事をしよう」

征司さんはわざわざセッティングしてくれたようだ。

「はい。たくさんの洋服をありがとうございました」

彼が散財した服は後で届けられることになっている。贈られた指輪もそうだが、なんでもない顔で高額の買い物をする征司さんとは、あらためて住む世界が違うのだと再認識する。

「夫として当然のことをしたまでだ。着替えてくる」

征司さんはリビングルームの床に置かれたショッパーバッグを手にすると、私に手渡して主寝室へ消えた。

私も段ボール箱が積まれた部屋に入って、ショッパーバッグからワンピースを出して着替え始めた。

隣接するホテルのイタリアンレストランのテーブルに着き、シャンパンで乾杯する。

ブルーを基調とした絨毯に、静かなクラシック音楽が流れる店内は、大人のムードたっぷりだ。

この雰囲気に征司さんはよく似合っている。

彼は黒地に細かいピンクのストライプの入ったスリーピースで、グレーの光沢のあるサテン地のベストと、ベビーピンクのネクタイがさりげない華やかさを醸し出している。

ライトがほんの少し落とされ、テーブルに飾られた赤いグラスに入ったキャンドルの炎が揺れる。

前菜のサーモンに舌鼓を打つ。ソースには艶があり、キャビア、いくらが上品に散らされていて見た目にもおいしい。

途中、ホテルの総支配人が挨拶に現れた。私たちの薬指にマリッジリングがあることに気づいたスタッフが知らせたらしく、ホテル側から極上のシャンパンと花束のプレゼントという粋な計らいを受けた。

ゆっくり時間をかけて食事を楽しんだけれど、シェフからの結婚祝いのメッセージが書かれたデザートプレートをついに食べ終わってしまった。

「そろそろ出よう」

今夜は同じベッドを使うことに狼狽していたので、少しでも長引かせようとゆっくり食事をしていたが、もう後がない。

「は、はい」

はぁ、ドキドキして胸が痛い。

テーブルを離れた征司さんは、こちらにやって来て椅子を引いてくれた。

玄関を入った廊下に、昼間購入した商品が置かれていた。レジデンスのコンシェルジュがお店から受け取り、運んでくれたらしい。

ここへ上がる前、ロビーにいたコンシェルジュの男性が征司さんに『運んでありまず』と伝えていた。

頼んでいた食材も置かれていて、私はそちらの袋を持った。

「すごいですね。こんなものまで運んでいただけるなんて」

「コンシェルジュに頼めば用意してもらえる。服は明日、片づければいい」

「はい」

リビングルームに足を運び、彼はネクタイをシュルッとはずした。男の色気がだだ漏れで、うしろからついていく私は慌てて視線を逸らし、キッチンへ向かう。

野菜を野菜室に入れ、卵や保冷剤がつけられていたベーコンも冷蔵庫にしまった。

作業台の上にバゲットを置いたところで、征司さんがすぐ近くまで来ていた。

「少し仕事をするから、先に風呂に入るといい」

出かける前に湯張りの予約をしていったので、いつでも入れる状態になっているようだ。

「で……は、お先に失礼します」

自分の部屋に向かいながら、一緒に入ろうとか言われなくて安堵していた。

男性経験はないけれど、二十五歳ともなれば情報なんて雑誌や友人から入ってくる。膨らみすぎる想像を、頭を振って振り払い、必要な物を持ってバスルームへ向かう。

初めて足を踏み入れ、思わずため息が漏れた。

バスタブはもちろんのこと、シャワールームがある。仕切りはすべてガラス張りなのが落ち着かない。

バスタブは、ゆったりとした脚を伸ばせる広さがあった。

浸かりながら葛藤する。もう夫婦なんだし、夫が妻に体を求めるのはごく普通のこと。彼の気持ちは自分にないけれど、男性として抱けるのだろう。それでも私は征司さんを愛しているのだから触れられたいと、心の準備ができてきた。

ワンピースタイプのパジャマを着て髪の毛を乾かし身支度を済ませて、リビングルームへ行くと征司さんが玄関の方にある書斎から現れた。

「先にベッドに入ってろよ」

そう言って、バスルームの方へ消えていく。

二十三時を回っている。引っ越しの荷物の片づけもしなければならないが、今は気持ちに余裕がなくてその気になれない。

とりあえず明日の服を出さなければと考え部屋に入ると、廊下にあったショッパーバッグのすべてが置かれていた。

買ってもらった服は私の一度のボーナスよりも高価だろう。ずっと節約をしていたので、素敵な服を前にしても喜べない。散財させてしまい申し訳ない気持ちだ。

ポールにかけ終えて、仕事用のスーツが入っている段ボール箱を開ける。明日着る服を紺のツーピースと決めてウォークインクローゼットから離れ、主寝室へ入った。

キングサイズのベッドの両端にはサイドテーブルがあって、その上にシンプルなルームライトが置かれ、それだけがついている。

オレンジ色の明かりがムーディーな雰囲気を醸し出していて、さらに困惑した。

『先にベッドに入ってろよ』って……。

自分のベッドじゃないのに『はい。わかりました』って横になれない。

どうしようか迷って突っ立っていると、ふいにドアが開き、驚いて肩を跳ねさせた。

「なにをしている？　ベッドに入れよ」

「え……っと、征司さんは右、左どっちで……？」

「どっちでもかまわない」

「で、では、私はこちらに」

ドアに近いベッドの左側に立っていたので、おずおずとシーツに横たわる。

ど、どうなっちゃうの……？

征司さんは右側に回ってシーツに体をすべらせた。

「おやすみ。俺の方のライトは消すよ」

え……？

ずっと暴れていた心臓が、一瞬で収まった。

「……おやすみなさい」

覚悟していたのに……。

別に抱かれたいわけじゃない。でも、手を出されずに困惑している。

一緒のベッドで緊張しているのに、それに輪をかけてシーンと静まり返っているせいで、呼吸さえ気になって上を向いたまま身動きできない。

目を閉じたが眠気はやってこない。どのくらい経ったのかもわからない。

彼の存在が気になって、とにかく息をひそめている状態だ。

少し離れた隣で眠る征司さんにずっと意識を向けているが、寝たのか起きているのかわからない。

このままじゃ無理……。隣の部屋で布団を敷いて眠りたい。

そっと体を起こして、静かに床に足をつける。

「どこへ行く？」

ビクッとして振り返ると、征司さんは片肘をついて頭を支えこちらを見ていた。

「ふ、ふたりで同じベッドを使うのに慣れないので、向こうで寝ようかと……明日は仕事ですし」

「まったく……」

「え？」

意味がわからなくて、首をかしげる。

征司さんは体を起こしてベッドを回り、私の前までやって来る。

「ど、どうしたん——きゃっ」

抱き上げられて、次の瞬間、枕に頭がついていた。

「今日のところは我慢していたのに、そんなかわいい反応をしたら奪いたくなるだろう？」

組み敷いた征司さんの顔が艶っぽくて、心臓がドクンと跳ねた。

そんな顔をされたら、目が見られない……。

視線を横に逸らすと、綺麗に筋肉のついた腕があって、目のやり場を失う。

「沙耶、俺を見て」

甘くささやくような命令に、おそるおそる征司さんと目を合わせた。

欲望をはらんだ瞳に、喜びを感じた。

「征司……さん、んっ……！」

名前をつぶやいた次の瞬間、唇が塞がれた。

やんわりと焦らすように唇が何度も食まれ、体の力が抜けていく。

自然と閉じていた唇が開き、征司さんの舌を受け入れた。舌と舌が絡み合い、互いの口の中を蹂躙し、疼《うず》き始める下腹部に腰が揺れる。

パジャマのボタンがはずされ、ブラジャーに包まれた胸が露出する。背中に手をすべり込ませた彼はホックをいとも簡単にはずしてしまった。

押さえつけられていた胸が征司さんの目にさらされた。

「やっ……」

羞恥心に襲われ、腕で隠そうとした。

「隠しても無駄だ。俺はこれから沙耶の体の隅々まで味わうんだから」

あえなく征司さんの手で、私の腕が持ち上げられてしまう。羞恥心でいっぱいになっているのに、彼は容赦なく頂《いただき》を口に含む。

「ひゃぁん……ああっ！」

体に電流が走って、背中が浮いた。

「そうだ。声を押さえる必要はないんだ。かわいい声を聞かせてくれ」

「そ、そんなことを言っても……あ、ぁんっ……」

舌先で頂が舐《ねぶ》られて、今まで知らなかった快感が押し寄せてくる。

「綺麗な体をあの男に汚されなくて幸いだった」

愛撫を繰り返しながら吐露されて、これだけは言わなければと口を開く。

「ぜっ、たいに、……ああっ、ないです……！」

「いや、男なら君を乱して愛でたいと思うだろう。こんなふうに」

彼の手が腹部をなでて、下腹部に移動した。

「せ、征司さんは、そう思って……っ、だ、だめっ、くれるんですね？」

彼の手でどんどん快楽の世界にいざなわれていくのは、大人の階段を上っていくような感覚だ。

「話すか、あえぐか、どっちかにしろよ」

私の反応に征司さんは甘やかな笑みを浮かべ、淫らな濃いキスで翻弄していく。

その先は会話もままならず、征司さんの愛撫に時間の感覚が失われ、身も心もとけていった。

目を覚ましたとき、自分がどこにいるのか、なにをしていたのか、一瞬わからなかった。

そうだったわ……！

ハッとなって隣を見ると、征司さんの姿はない。

時計を見れば朝七時を回ったところだ。よかった。寝坊したかと思った。

今日は月曜日だ。いつも通りに出社するが、オフィスはすぐ近くなのでまだまだ時間がある。

上体を起こして、なにも身に着けていない姿に慌てて足もとに丸まったロングパジャマを羽織って、ベッドを出る。

征司さんは……？

腰のだるさを覚えながら、いつもの習慣で顔を洗いに洗面所のドアを開けた。

そこにバスタオルで体を拭いている征司さんがいた。

「きゃあっ！　ご、ごめんなさいっ」

びっくりして思わず声が出てしまった。出ていこうとして手を掴まれる。

「きゃあって、さんざん俺の裸を見ただろうに。それに謝る必要はない」

苦笑いを浮かべる征司さんはまったく隠そうとしないので、目のやり場に困ってうしろを向く。

「まったく、かわいいな。いつ俺の裸に慣れるのか見ものだな」

「み、見てないですっ！　バ、バスタオルを巻いてください」

すると背後から抱きしめられ、ビクッと肩が跳ねた。

「襲わないから安心しろ。時間が足りないからな。シャワーを浴びて出社の支度をするんだ。その間に朝食を頼んでおく」

髪にキスを落とした征司さんは、私の背中を軽く押してバスルームに向かわせた。

ドアを開け中へ入って、大きく深呼吸をする。

びっくりした。朝から刺激が強すぎる……。

見ていないといっても、美しい胸板は目にした。あの胸に……。

ロングパジャマを脱ぐと昨晩の記憶が赤裸々に蘇って、心臓が暴れてくる。

脳裏から追い払うように、頭をプルプル振ってシャワーのコックを回した。

征司さんに愛された体をシャワーで洗い流したが、あちこちに赤い鬱血した痕があって困惑する。

愛がなくても、あんなに激しく抱けるのね……。そう思うと、胸がチクッと痛みを覚える。

考えてもきりがないし、時間もない。早くしなきゃ。

バスルームを出てバスタオルを体に巻き、ウォークインクローゼットへと向かった。

ランジェリーとストッキングを身に着け、昨日決めておいた白いブラウスに紺色のツーピースを着ると、少し気持ちがシャキッとする。仕事がんばろう。

パウダールームでメイクを済ませて、髪をうしろでひとつにまとめてバレッタで留める。これでよしっと。

その場を離れて、リビングダイニングルームに向かった。

タブレットを見ながらカップを持っていた征司さんが、私の姿に気づき顔を上げる。

「先にコーヒーを飲んでいたよ」

「いえ、どうぞ……明日からはもっと早く起きますね」

テーブルの上にはホテルのブレックファーストが並んでいて、彼の対面に座る。

「まだ出社まで時間はたっぷりあるから、そんなに早く起きる必要もないだろう」

征司さんはポットからカップにコーヒーを注いでくれる。

「ありがとうございます。今夜からしっかり料理します」

すると、彼は楽しげに口もとを緩ませる。

「今日の俺のスケジュールは？」

一瞬ポカンとなったが、スケジュールを思い出した。

「協賛会社社長と会食が入っておりました……」

「沙耶の料理が食べられずに残念だが、今夜はいらない。昨日も言ったが、あと二週間でドイツへ行くし、沙耶も仕事があるんだから無理に料理をしなくてもいいんだよ。朝食だってホテルに頼めば済むことだ」

毎日ホテルの朝食だなんて……私と生活の次元が違いすぎる。

「料理は毎日していましたから、大変ではありません。せっかく素敵なキッチンもありますし」

「では、状況に応じて頼む。冷めるから食べて」

「はい。そうさせていただきますね。いただきます」

コーヒーにミルクと砂糖を入れて飲んでから、ロールパンに手を伸ばした。


「征司さん、お先に出ます」

身支度をしてバッグを手に持って、食事後ソファに移り脚を組みタブレットを見ている征司さんに声をかける。時刻は八時十五分だ。

「同じところへ行くのに、別行動を？　俺もそろそろ出るから一緒に」

「私はいつもよりも少し遅いくらいです。征司さんは普段通りの時間でお願いします。到着しましたらコーヒーをお持ちしますね」

彼はふっと笑みを漏らし「わかった」と返す。

「それでは、いってきます」

「ああ。気をつけて」

朝のキラキラした笑顔を見て、彼への想いが高まって切ない気持ちになった。

レジデンスからオフィスまでは、満員電車で揺られてくる人たちに申し訳なくなるくらい近くて快適だった。

徒歩通勤なので清々しい青空しか見ていない。

秘書室に一番で入室し、自分の席に座ってパソコンを立ち上げる。

そこでようやく気持ちが落ち着き「ふぅ～」とため息を漏らした。

そうだ、帰ったら亜理紗に結婚した報告をメッセージで送らなきゃ。

電話をかけてもいいのだが、ふたり部屋なので亜理紗はともかく相部屋の子が勉強中だったら話し声で迷惑がかかるだろう、などと考えて遠慮している。

「おはよ～」

詩乃さんが入室して、隣の席にドサッと座る。

「どうしたんですか？　月曜日から疲れているみたいですね」

「チカンよ。満員電車にかこつけて。つねってやったわ。あ！　手を洗ってこないと！　ばい菌ばい菌。気持ち悪いったらありゃしない」

すっくと椅子から立った詩乃さんはプリプリと秘書室を出ていく。

チカンの手をつねっちゃうなんて、強い……。

少しして詩乃さんが戻ってくる。

「それで、チカンはどうなったんですか？」

「混んでたから振り返れなかったの。でも、あの後降りたはずだわ。沙耶さんはかわいいからチカンはしょっちゅうあったんじゃない？」

「いいえ。一度もないです」

「え？　一度も？　そんなにかわいいのに？　どこに目をつけているのかしら」

詩乃さんはパソコンのスイッチを押している。

「それほど乗車時間はかからなかったですし。チカンにも好みがあります」

「ん？　沙耶さん、『かからなかった』って、どうして過去形なの？」

詩乃さん、するどい……。

「実は、昨日婚姻届を提出して、同居を」

「きゃーっ、もうそんな早くに？　おめでとう！　じゃあ、今日は榊ＣＥＯのレジデンスから出社したのね？　仲よく一緒に来たのかしら？」

「いいえ、先に」

当然のように口にする私に、詩乃さんは「ありえない……」とつぶやく。

「ありえなくないですよ。会社ではあくまで上司と部下ですから」

口ではそう言うが、割りきるのは難しい。

「あらら、それは榊ＣＥＯが？」

「いいえ……で、でも、周りにとってもそれがいいかと判断したんです」

「皆の前でイチャついている榊CEOと沙耶さんは想像できないけれど」

詩乃さんは苦笑いを浮かべて肩をすくめる。

「あ！　榊CEOがもうすぐ出社する時間なので、コーヒーの準備をしてきます」

「はーい。私ももう少ししたら、常務のお茶を入れなきゃね」

席を立って給湯室へ向かうと、征司さんが好むいつもの豆でコーヒーを入れた。

タンブラーをトレイにのせて、執務室へ向かう。

ドアをノックして入室すると、プレジデントデスクの前の征司さんは池田さんと話をしていた。

「失礼します」

タンブラーを置き、指示を仰ぐために一歩下がって会話が終わるのを待つ。

「わかった。そのように動いてくれ」

話が終わり、池田さんが自分のデスクに戻っていく。

「沙耶さん」

あ……会社では以前のままで〝さん〟づけ。呼び捨てされるのが心地よかったから一瞬、キョトンとしてしまった。

「はい。おはようございます」

普段のように朝の挨拶を口にする。

「ＣＭの反応を各支店に報告させてくれ。問い合わせやショールームを訪れた客の反応などだ。届いたらまとめてほしい」

「かしこまりました」

「行っていいよ」

「失礼します」

結婚する前となんら変わりない態度の征司さんにお辞儀をして、執務室を後にした。

今日一日の征司さんの態度を思い出したのは、退勤後、スーパーマーケットに寄って帰宅し、親子丼を作ってテーブルに座ったとき。

仕事中は以前と変わらない征司さんの様子に、なんとなく気が滅入るのだ。

「会社での態度はあれがあたり前よね。遊びじゃないんだし。それに、愛されて結婚したわけじゃないんだもの」

自分を諫めるために声に出して言う。考えたって仕方ない。食べよう。

箸を持って親子丼を口にする。

協賛会社社長との会食はどの程度食事ができるのかわからないので、おなかが空いていたら食べられるよう余分に作ってある。

そうだ。亜理紗にメッセージ送らなきゃ。

箸を置き、テーブルに置いていたスマホを持つと、メッセージアプリのアイコンをタップした。結婚した件と亜理紗の様子を尋ねるメッセージを打つ。

すると一分もしないうちにビデオ電話が鳴った。

「お姉ちゃん、おめでと～」

通話を開始した途端、頭にバスタオルを巻いた姿の満面の笑みの亜理紗が現れた。

「ありがとう。お風呂から出たばかりなのね」

「うん！　ここの寮はスーパー銭湯みたいな大きな湯船があるの。気持ちいいよ～」

楽しそうに話す亜理紗に、自分のやりたいことをさせることができて本当によかったと心底思う。

「お義兄さんは？　イケメンの顔を拝みたいわ」

「もうっ、そんなふうに言わないの。征司さんは会食でいないの」

「そっか。新婚さんなのに寂しいね～。『征司さん、今日は早く帰ってきてね』とか言ってるんでしょ」

にやけ顔の亜理紗だ。

「も、もうっ、茶化さないで。そんなこと言ってないわ。お仕事だもの」

「ははは、お姉ちゃん、顔が赤いよ。かわいい～」

「からかうのなら勉強しなさい。私も食事中なの。切るわね。勉強がんばって！」

「はーい。またね～」

ビデオ越しの亜理紗に笑顔で手を振って通話を終わらせた。

使った食器を洗うとやることがなくなって、お風呂に入ることにした。

征司さんは会食が十九時からで、まだ二十一時過ぎだからしばらく帰ってこないだろう。

バスタブにお湯をためて、そっと中へ入る。

「気持ちいい～」

ふたりで浸かっても余裕があるくらいに広々としたバスタブ。月島の家のは小さくて膝を抱えて入っていたので、脚を伸ばすとリラックス効果が高まる気がする。

無意識に至福のため息が漏れる。ここまで目まぐるしかったな……。

十日後にはドイツへ向かう。ドイツ語を勉強しなければ！

お祖父様と話をするにはまず言葉ができないとならない。復習から始めなくっちゃ。

そう考えたら、ゆっくり浸かるつもりが即座にバスタブから出て、頭から足の先まで洗い終えてバスルームを出ていた。


昨晩と色違いのロングパジャマでリビングのソファに座って、タブレットに表示されているドイツ語を声に出してみる。

「Freut mich, Sie kennenzulernen. Ich bin Saya Danke dir.（はじめまして。私は沙耶です。よろしくお願いします）」

タブレットから女性の声で発音が流れ、繰り返し倣《なら》う。

初級のドイツ語講座を勉強していると、今までなにをやっていたんだろうってくらい難しい。暗記するだけならできるが、ドイツ語で話しかけられたらお手上げ……。

でも一年後にはドイツに住むんだから、この先もずっと勉強した方がいいだろう。

ドイツ語スクールで習おうかな。少し勉強していたとはいえ、実際にドイツ人と話したことがないので実践をしなければと思う。

「Freut mich, Sie kennenzulernen. Ich bin Saya Danke dir……うーん、ちゃんと通じる？」

「通じるよ」

「え？」

頭上から少し低めの声がして振り返る。

「あ！　征司さん、おかえりなさい。ドアが開いたの、気づきませんでした」

「ただいま。ドイツ語を勉強していたのか」

「はい。話せないと不便かと思って……」

「たしかにそうだな。ああ、お土産だ」

丸《まる》の内《うち》にある高級ホテルのショッパーバッグが私の隣に置かれる。

「ありがとうございます。これは……」

「ケーキだ。あのホテルのパティシエは素晴らしいと評判らしい」

「そうなんですね。会食でちゃんと食べられましたか？　親子丼を作ってあるのですが」

タブレットをテーブルの上に置いて立ち上がる。

「いただくよ。アルコールばかりであまり食べていないんだ。まだ温めないでくれ。風呂に入ってくる」

それなりに飲んだのだろう。けれど酔ったようには見えない。

「はい」

征司さんはベッドルームへ向かい、私はケーキの入ったショッパーバッグを抱えてキッチンへ歩を進める。

箱を開けてみると、ケーキとプリンがそれぞれ三種類、合計六つも入っていた。

「征司さんは甘いものもOKなのかな。けれど、六個も……」

秘書として接しているときに甘いものを食べている征司さんを見たことがないから、彼が食べているところを想像すると笑みが深まる。

オフィスでの征司さんと家での彼とは態度が違っている。やはり分別を持って使い分けているのだ。

「うん。それが一番いいのよね」

会社では以前通りの征司さんなのが寂しいと思っていたが、家に戻れば夫婦として接してくれる。だから私もきっちり使い分けた方がいいのだ。胸に抱えていたモヤモヤが晴れていく。

「征司さんが親子丼を食べている間、ケーキ食べちゃおうかな……」

退勤後にスーパーで買ってきた、カモミールのハーブティーがある。

ダイニングテーブルに箸ときゅうりの漬物を用意する。

あ、お味噌汁も作ろう。自分はいらなかったが、汁物が欲しいかもしれない。

鍋に一杯分の、ほうれん草のお味噌汁を作った。

少しして、紺色のパジャマを着た征司さんが現れた。

時間を見計らってちょうど親子丼の具を温めて卵を落としたところなので、彼が席に着いてすぐにテーブルに出した。

「おいしそうだ。いただきます」

「どうぞ」

初めて手料理を食べてもらうので、征司さんの口に合うかドキドキしながら見守る。

彼はゆっくりそしゃくしたのち、「沙耶、おいしいよ」と言ってくれた。

「よかった……ホッとしました。祖母と亜理紗以外私が作ったものを食べたことがないので、内心ドキドキしていました」

「卵がトロトロで文句なくいい出来だよ」

「あ、でも、征司さんは親子丼を召し上がったりするんですか？　庶民的な料理のイメージがあるので」

「俺にとって親子丼はおふくろの味だよ。母さんが初めて作ったのが親子丼だと父さんから聞いている。塩辛くて食べられたもんじゃなかったらしい。それ以降、レシピを見て調味料の分量をきっちり量って作り、今では一番の得意料理だと言っている」

「そうだったんですね」

「だが、沙耶の作った親子丼の方がずっとおいしく感じるよ」

褒められて、頬に熱が集まってくる。

「……私はお土産のフルーツケーキをいただきますね」

キッチンに引っ込んで、用意したカモミールティーとケーキののったお皿をダイニングテーブルに持っていく。

征司さんの対面に座り、両手を合わせて「いただきます」と口にしてからフォークを持つ。円形のケーキにカットされたメロンやマンゴーがたっぷりのっている。

ひと口食べて、スポンジのやわらかさとメロンのみずみずしさ、甘すぎない生クリームに満足の笑みを浮かべた。

「とってもおいしいです。おいしすぎて、こんな時間にケーキをいただく罪悪感なんて吹き飛んじゃうくらいに」

「罪悪感を持たずに食べていいよ。糖質カットされているケーキだと言っていたから」

「本当に？　素敵なケーキですね。征司さんも食べ終えたら召し上がりますか？」

「俺は明日にするよ」

彼は綺麗な箸遣いで親子丼を食べている。

気品があって、仕事は有能。こんな人が私の旦那様だなんてまだ信じられない。

「あ、今朝頼まれたＣＭの――」

「沙耶、ここは会社じゃないんだ。明日出社したら聞くよ。家でも仕事の話をしたら沙耶が休んだ気にならないだろう？」

「……はい。では、明日の朝に」

征司さんは私に気を使ってくれているみたいだ。

オフィス以外では上司と部下ではなく夫婦。そこに彼の愛情があったなら……と考えて気持ちが沈みかけ、必死に振りきる。

多くを望んではいけない。目的があっての結婚なのだから。

「沙耶さん、おはよう～」

詩乃さんが元気よく秘書室へ入ってきて、手を口にあててあくびをしたところを見られてしまった。

「ふふ～ん、寝不足なのね。新婚だから無理もないわね。結婚っていいわ～うらやましいわ～」

「詩乃さんっ、寝不足なわけじゃなくて、ただあくびが出ただけです。詩乃さんだって婚約しているじゃないですか」

そういったことをからかわれるのは初めてなので恥ずかしくて、どんな顔をしていいのかわからない。

「あ！　もう時間なので。コーヒーの用意を」

そそくさと椅子から立って、詩乃さんから逃げるようにして給湯室へ向かう。

あくびをしたのは不覚だったわ。

詩乃さんの指摘は事実なので、よけいに恥ずかしい。

征司さんは昨晩も私を抱いたのだ。

就寝したのは二時を回っていて、彼は今朝も私より早く起床した。

征司さんは疲れていないのかしら……。

八、贅沢なゴールデンウィーク

結婚してからの征司さんは家では常に優しくて、本当に愛されているような感覚に陥ってしまうが、それは彼のもともとの性格からだろう。

私が作った料理を必ず褒めてくれ、夜は情熱的に抱く。愛されていると勘違いしそうになるけれど、肝心の愛の言葉は聞けないので、思い過ごしなのだろうと消沈する。

征司さんの〝愛している〟の言葉が聞けないから、私も言葉にできていない。

どんどん募っていく想いにモヤモヤしたまま、明日からゴールデンウィークに入る。

いよいよドイツへ行く時がきた。

フォーレンハイト社のショールームは営業するが、オフィスは九日間の長期休暇だ。

詩乃さんも明日から、婚約者の彼とモルディブへダイビングに行くと言っていた。

征司さんのプライベートジェットは、午前零時を回った一時に羽田空港を離陸する。

現地へは翌日の早朝に到着する予定だ。

フォーレンハイト社の本社はデュッセルドルフで、ドイツの二カ所の都市に工場がある。ほかにも中国や東南アジアにも工場を構えている。

征司さんのお祖父様の家もデュッセルドルフで、到着した翌日のディナーに来るよう言われていた。

日本に帰国するのはゴールデンウィーク最終日で、長い行程だ。

祖父母や親戚への挨拶と新居の内見が目的だけれど、これをハネムーンと考えていいのかはわからない。

「沙耶、荷物はこれでＯＫ？」

「はい。揃ってます」

玄関には三個のキャリーケースが並んでいる。ひとつは征司さんのキャリーケースで、彼の荷物が少ないのはデュッセルドルフのホテルを借りているからだ。

私の荷物はたくさんで、すぐに開けられるようにナイロン製バッグもキャリーケースの上にのせてある。

ショルダーバッグの中にパスポートやガイドブック、ドイツ語の本、財布やメイク道具などが入っているのを確認する。とくにパスポートだ。

入社して一年目にフォーレンハイト社の中国工場を視察するため渡航したのでパスポートは持っているが、そのときはほかの部署の五人と一緒に民間の旅客機に乗った。

私生活で海外旅行はしたことがなく、今回は征司さんとの初めてのドイツ訪問にワクワク感とドキドキ感が入り混じっている。

プライベートジェットは征司さんの国内、海外出張には欠かせず、今回の搭乗では私が知らない彼の生活を知られるからうれしい。

「じゃあ、行こうか」

レジデンスの住人は頻繁に旅行や出張へ行くので、ここにも空港にあるようなカートが用意されている。

征司さんはコンシェルジュが廊下に置いていったカートに、三個のキャリーケースをのせた。

二時間後、プライベートジェットに搭乗し、普段から征司さんのフライトスケジュールの確認でやり取りをしている機長と副操縦士に挨拶をする。

キャビンアテンダントは男性で木島《きじま》と名乗り、おそらく三十代前半できびきびとした印象だ。

出張報告書の乗務員名簿に木島さんのフルネームが記載されていたが男女どちらにも取れる名前だったし、キャビンアテンダントは女性という固定観念があったので驚きだった。

「栗花落《つゆり》さんが榊CEOの奥様になられたとは。おめでとうございます」

機長がお祝いの言葉を言ってくれる。

「ありがとうございます。いつも的確な回答をありがとうございます」

「いいえ、こちらこそ。それではお席の方にどうぞ」

「沙耶、こっちだ」

機長に促され、征司さんの後をついていく。

そこでようやく機内へ視線を向けると、驚くほどラグジュアリーだった。

十ほどある座席はブラウンの革張りで、リクライニングでベッドになるみたいだ。

後方には会議ができるテーブルに同じくブラウンのソファ。明るいクリーム色の壁紙により圧迫感がなく、快適な空間が広がっていた。

エコノミークラスにしか乗ったことがない私が、いきなりプライベートジェットだなんて……。

「ここに座るといい」

征司さんに案内されて、翼より前の左側の座席を示される。

「ジャンボより機体が小さいから揺れると思うが、心配はいらない」

「はい。すごい飛行機でびっくりしています。動くホテルみたいですね」

「プライベートジェットなら、大抵こんな感じだよ。あと十五分くらいで離陸だからシートベルトを。就寝時にはパーテーションで個室になるよ」

征司さんは腰を私の方に屈めた。顔が近づいて、ドキッと心臓が跳ねる。

彼はシートベルトの金具を装着してくれて、離れるときにおでこへと唇が落とされてさらに心臓が跳ねた。

目と目が合うと征司さんはしれっとした態度で、通路の反対の座席に腰を下ろした。

コックピットには操縦席、副操縦席、そのうしろにキャビンアテンダントの木島さんが座っていて、コックピットと座席の間にキッチン設備のギャレーがある。

プライベートジェットは定刻通り、動き始めた。

夜の羽田空港を見るのも初めてで、滑走路の誘導灯が幻想的に見える。

機内の前方の上から大きなテレビ画面が出てきて、プライベートジェットに取りつけられたカメラから現在の外の映像が映し出された。

それに目をやり、二回目のフライトに若干緊張しながら見ていると、機体はエンジンをうならせスピードを上げて滑走路を進み、次の瞬間、ふわっと上がった。

上昇していき、テレビ画面は羽田空港上空の夜景になった。

征司さんは興味がないのかタブレットを見ている。仕事をしているのだろう。

それほど大きな揺れを感じなくて快適だ。

「まだ眠くなければ、そこから引き出して映画を観られるよ」

座席の横の部分を示されて出してみる。

真夜中なのに興奮をしているせいか、まだ眠くならない。

「タッチパネルで映画や音楽が選べる。Wi-Fiもつながるから自分のスマホも使える」

「Wi-Fiがつながっているなんて。すごすぎます」

そこへ木島さんが現れて、征司さんに飲み物を尋ねる。

いつの間にか前方にぶら下がっていたテレビ画面はなくなっていた。

「沙耶、眠くなるようにシャンパンでも飲むか？　おなかは？　夕食が軽めだったから食べられる？」

「少しなら」

「では、シャンパンに合う前菜とパテをのせたバゲットはいかがでしょうか？」

メニューを耳にして、レストランみたいな料理が出てくるのかとあっけに取られる。

「そうしてくれ」

木島さんは「かしこまりました」と笑みを浮かべて前方へ向かった。

映画や音楽ではなく、ドイツ語の勉強をしようとバッグから本を出す。

それを見た征司さんが顔をしかめている。

「勉強を？」

「なんとなく……」

「俺がいるんだから心配はいらない。それに祖父は日本語ができる」

「そうかなとは少し思っていましたが、やはりドイツ語で話したらいいかなと思って」

征司さんがふっと笑う。

「ちゃんと考えてくれてありがとう。今回は挨拶ができれば上等だ。詰め込みすぎても頭が混乱するぞ」

「ふふっ、わかりました」

そこへ木島さんがシャンパンの瓶とグラスを持って現れた。征司さんと私のテーブルそれぞれにグラスを置いてシャンパンを注ぎ、ギャレーに戻って生ハムやスモークサーモン、キャビアなどの前菜を運んできた。

数種類の前菜はおしゃれで見栄えがよく、まるでフレンチレストランで出てくるような料理だ。

木島さんが「ごゆっくりお召し上がりください」と去っていくと、征司さんがグラスを持つ。

「沙耶、ゴールデンウィークを楽しもう」

「はい！　よろしくお願いします」

グラスを持ってそう言うと、征司さんがおかしそうに喉の奥で笑う。

「そういうときは、〝楽しもうね〟でいいんだ」

「あ、つい……。もうすでに楽しくてしょうがないんですよ。なんだか子どもの頃に戻ったみたいにワクワクしています」

「ワクワクか。それはよかった」

征司さんは笑みを深めてグラスを口に運び、私も金色が綺麗なシャンパンを飲んだ。

おいしい前菜とシャンパンをおなかに入れて、パテがのったバゲットも食べると眠くなってきた。

「もう眠そうだな。そろそろベッドにしてもらおう。うしろに着替えるスペースと洗面所があるから寝支度をしてくるといい。案内するよ」

征司さんが座席から通路に出る。

「限界がきたみたいです」

あくびを噛み殺して座席から立ち上がったが、脚に力が入らなくて体が揺れた。

「大丈夫か？」

力強い腕に支えられる。腕を掴まれた瞬間、心臓が大きく跳ねた。このまま抱きしめてほしい気持ちに駆られてしまう。

「に、二杯しか飲んでないのに、脚にきてしまったみたいです」

「気圧のせいだろう。体内の酸素が減り、アルコール分解が遅れるんだ」

彼は着替えと洗面用具の入ったナイロン製のバッグを持ってくれ、私を支えながら後方へ向かった。

「ひとりで着替えられるか？」

入口でからかうように尋ねられる。

「も、もちろんです。ものすごく酔っているわけではないです」

「いつでも手伝うから呼んでくれ」

私の頭に軽くポンポンと触れて、征司さんは座席に戻っていく。

彼が離れ、寂しく思いながらドアを開けると、パウダールームに目を見張る。

「うわ、ここも豪華……」

三畳くらいあるだろうか、おしゃれな洗面台にブルーのペルシア絨毯が敷かれた着替えスペースがある。

本当に空の上にいる感覚ではなくて、ラグジュアリーなホテルにいるみたいだ。

洗面台の鏡を見ると、頬は赤く、目がトロンとしている。

気だるい腕を動かして、部屋着で有名な上下のピンクのもこもこしたルームウェアに着替えた。これも征司さんが買ってくれた。肌触りがすごくいいと言ったら、亜理紗にも色違いのブルーを送ってくれた。

眠気をこらえて洗面と歯磨きを済ませて戻ると、さっきまでいた座席が水平になっていた。毛布と枕もその上に用意されている。

なにかで見たことのある、ファーストクラスみたいだ。

「水を飲んで」

ベッドに上がった私に征司さんがグラスを差し出してくれる。

「ありがとうございます」

水を飲み、サイドポケットの空いているスペースに置いて横になった。もう目を開けているのも限界だ。

「おやすみ。八時間は眠れる。起きて朝食を食べたら、デュッセルドルフ空港に到着するよ」

「おやすみなさい」

そう伝えた直後、瞼が落ちていった。

「沙耶」

征司さんの呼ぶ声で目を覚ました。

「あ！　おはようございます」

すぐに飛行機の中だと思い出し、上体を起こす。

「もしかして寝坊をしてしまいましたか……？」

「いや、あと二時間で到着する。よく眠っていたな」

「シャンパンのおかげかもしれません」

「そうだな。飲ませてよかった。着替えたら朝食にしよう」

征司さんは寝る前とは違う、モスグリーンのニットとグレーのスラックス姿になっていた。

「はい。着替えてきますね」

デュッセルドルフの最低気温は一桁で、日中は十九度くらいになるようだがまだ寒いので、私も征司さんがプレゼントしてくれたペールブルーのニットワンピースにした。

洗顔と歯磨きを終わらせて戻ると、フラットだった座席は椅子に戻されていた。

なにからなにまでキャビンアテンダントの木島さんがひとりで行っていて、手際がよくかなり有能な人材なのだとわかる。

椅子に腰掛けてすぐ、旅館の朝食のような和食が出てきた。

「世界中どこでも和食は食べられるが、大抵ロングフライトのときの朝食はこんな感じにしてもらっている」

「おいしそうですね。あれだけ食べて寝ただけなのに、おなかが空いています」

「まだ時間があるからゆっくり味わうといい」

「いただきます」

両手を合わせてから、赤だしのお味噌汁をひと口飲んだ。


プライベートジェットはデュッセルドルフ空港に早朝着陸した。

入国審査などを済ませて、迎えのフォーレンハイト社のワゴン車に乗って征司さんがこちらで借りているホテルに向かう。

目に入る景色が日本とはまったく違う。街並みはかわいらしくカフェやレストランも多く建ち並んでいて、住みやすいとガイドブックに書いてあった。

デュッセルドルフはドイツの西部に位置するライン川沿いの街で、工場地帯には日本企業も進出しており、日本人の駐在家族が多く住んでいるという。

征司さんの滞在先は空港から八キロのところにあり、車はほどなくしてホテルに到着した。レンガ造りの五階建てだ。

この周辺ではあまり高い建物が見あたらないが、ライン塔と言われるテレビ塔がすぐ近くにある。ドイツで十番目に高い建物らしいと征司さんが教えてくれた。

早朝だがフロントで出迎えてくれた総支配人に、彼が私を紹介する。

「妻の沙耶です」

チャコールブラウンのスーツ姿で、恰幅がよく口髭を蓄えた男性だ。

「ディートリヒ・ミュラーと申します。ご結婚おめでとうございます。奥様、ようこそデュッセルドルフへいらっしゃいました。滞在をお楽しみください」

ドイツ語よりも英語の方がわかると思ったのか、なめらかな英語だ。たしかに英会話の方がわかる。

「ありがとうございます」

スタッフがキャリーケースを金のバゲットカートにのせてくれて、エレベーターに乗り、最上階に到着した。彼の部屋はペントハウススイートと言うらしい。ホテルスタッフと征司さんの会話からそれとなくわかった。

入室して中へと歩を進める。

六本木のレジデンスのようにキッチンやランドリールームもあって、住み心地のよさそうな部屋だ。征司さんの荷物があるはずだが、生活感はない。

「素敵なお部屋ですね」

年に六回ほどしか使わないのに、ペントハウススイートを借りているのは内心もったいないのではないかと思う。

「俺はこのホテルの筆頭株主なんだ」

「え？　筆頭株主……？」

ぽかんと口を開けて、あっけに取られる。

「ああ、ドイツで投資をしておくのもいいと考えてね」

「だから、ペントハウススイートを……」

「便利に使わせてもらっているが、こっちに住むのなら一軒家で庭がついているところがいい。不動産ディーラーから二軒ほど内見ができると連絡をもらっているから、滞在中見に行こうと思うんだが？」

「はい。小さい頃から一軒家だったので、そちらの方が落ち着くかなと」

「よかった。荷物を整理したら、街を案内するよ」

征司さんはキャリーケースを引き、ベッドルームに案内してくれた。

ホテルを出て、ライン川のほとりを散歩することにした。手は征司さんにしっかり握られている。

雲は多いが青空も見える。風は冷たいけれど、彼はブラウンのトレンチコートを羽織り、私は赤のカシミヤコートを着ているのでそれほど寒くはない。

これも婚姻届を提出した日に買ってくれたもので、ウエストを同じ生地で結んでいるデザインはスタイルがよく見える。

以前の私なら原色を選ばず、無難な色味の服を買っていたが、どんな色でも似合うよと征司さんに勧められたのだ。

身に着けてみると、自分に自信が持てる気がしてくる。

「川向こうのオーバーカッセル地区に祖父母の家がある。富裕層の人たちが住む地域になっている」

征司さんが手でライン川の向こう側を示す。

「いよいよ明日ですね。お土産気に入ってくださるといいのですが」

明日会うと思うと、今から緊張してくる。お義母様の言葉が気になっているからだ。

征司さんが日本人を妻にしたことをお祖父様が不快に思っていても、もう結婚したのだから、がんばって認めてもらうことが最重要課題だ。

「祖父は日本酒が好きだし、祖母は老舗和菓子店の羊羹《ようかん》に目がない。気に入ってくれるはずだ」

ほかにもたくさんのお土産を用意してきた。

「そろそろ昼か。レストランへ行こう。ここから徒歩でもそれほど距離はないよ」

「歩くくらいがいいです。この十日間、きっと食べてばかりになるかなと思うので、消費しないと」

「たしかに、旅行ではその土地や知らない料理を食べるのが醍醐味だよな」

口もとを緩ませた彼は、私の手を握ったままトレンチコートのポケットに入れた。

十五分ほど歩いて、欧州料理を出すレストランへやって来た。

そこでシュニッツェルと呼ばれる仔牛を薄く伸ばしたカツレツ、それにスープとサラダをオーダーした。

たっぷりのマッシュポテトが添えられているシュニッツェルは、衣がサクサクしていておいしい。

「シュニッツェルはお義母様も得意料理でしょうか？」

「どうして？」

「私にも作れそうかなと」

「得意と言えるかもな。頻繁に食卓に出ていたよ」

征司さんはパンをちぎって口に放り込む。

「では、今度作り方を教えていただきます。あ！　お料理の写真を撮るのを忘れてしまいました」

「この先撮る機会はたくさんあるから大丈夫だよ。まだ一日目だ」

彼はそう言って楽しそうに笑った。

レストランを出た後は、ケーニッヒスアレーというショッピング街へ足を延ばした。

街の間に運河が流れ、高級ブランド店や銀行、カフェなどが建ち並んでいる。

「運河って素敵ですね」

「運河の景色が気に入ったのなら、オランダへ行ってもいいな」

「オランダへ？」

ずっとこの街に滞在すると思っていたので、思いがけない言葉に首をかしげる。

「ああ。車で二時間半もあれば行ける」

「ヨーロッパは陸続きだから、簡単に車で行けてしまうんですね」

「ベルギーもいいな。オランダと同じくらいの距離だ」

うれしくて思わず手をパチパチ叩く。

「素敵です！　訪れることができたら最高です」

「では連れていこう。日帰りでも一泊でも」

「ありがとうございます。楽しみが増えました。後でふたつの都市を調べなきゃ」

思い出深い滞在になりそうだ。帰国してから、仕事への気持ちの切り替えが大変かもしれない。


ペントハウススイートに戻ったのは十六時近くになっていた。八時間進んでいる日本では夜中で、あくびを噛み殺す。

頻繁に海外出張をしている征司さんは、体内調整が大変ではないのだろうか。

私が眠いのがわかっている彼は夕食をルームサービスに決めてくれ、賛同する。

「まだ眠らない方がいい。今寝ると変な時間に起きてしまう」

「はい……」

ソファに座ったら眠ってしまいそうだ。そんな私の様子に征司さんは苦笑いを浮かべて、運動できる服に着替えるように言う。

「持ってきているだろう？　ジムへ行こう」

あらかじめ彼から言われていたので、持ってきている。

「体を動かしたら、眠気は覚めそうですね」

「ああ。だが、運動不足だろうから筋肉を強く動かすマシンは勧められない。ほどほどにした方がいいな」

「着替えてきます」

スポーツブランドのトレーナーとレギンスに着替え、リビングへ行くと征司さんも黒のウインドブレーカーの上下になっていた。

かっこいい……。高身長だし、体躯もモデル並みだからなにを着ても似合うのだ。

「じゃあ、行こう」

ミネラルウォーターのペットボトルを二本持った征司さんとともに、二階にあるジムへ向かった。

征司さんが器具を使っている間、私は筋肉痛にならないようにランニングマシンやフィットネスバイクでの運動に励む。

体を動かしているうちに眠気は覚め、気づくと征司さんの姿を目で追っていた。

最初はふたりきりだったのに、途中でナイスバディの三十代くらいに見えるブロンド美人がやって来て、チェストプレスをしている征司さんの隣で体を動かし始める。

スポーツブラとレギンス姿のブロンド美人は、チラチラと征司さんへ視線をやり、やたらと胸を突き出しているように見える。

はぁ……。これまでもきっとこんなことは頻繁にあったんだろうな。

気にしないようにしてランニングマシンで走った。

「沙耶」

いつの間にか征司さんが横に立っていて、停止ボタンを押す。

「部屋へ戻ろう」

「あ、はいっ」

ふいに征司さんは、手に持っていたスポーツタオルで私の額を軽く拭い、心臓がドクンと跳ねる。

「行こう」

手を握られて出口へ進まされた。

部屋に戻って、汗だくの征司さんに先にバスルームを使うように言う。

「一緒に入ればいいじゃないか」

「え？　だ、だめですっ」

一緒にシャワールームを使ったら体を洗うだけじゃ済まなくなるはずで、プルプルと頭を振る。毎回そうなのだ。

彼に愛されるのはうれしいが、今は立ったままでも眠れるかもしれないというところまできている。

「征司さんはそれだけ汗をかいていたら風邪をひきます。私は、それほど汗は出ていないから」

「だから一緒に入ればいいって言ってるんだ」

言い訳する私に征司さんは訳知り顔で笑い、手を引かれてバスルームへ連れていかれた。

彼はバスルームの手前で着ている服を脱ぎ始める。

「脱がないのか？」

「……脱ぎます。ただ洗うだけですからね？」

「クッ、知っているか？　念を押されるとあまのじゃくになるって」

全裸になった征司さんはあっけに取られる私のトレーナーとレギンスを手際よく脱がせ、ランジェリーも取り去ると、バスルームに入ってガラス張りのシャワールームに入った。

征司さんはシャワーのコックをひねり温度を確かめて、温かいお湯が肩にかかる。

私をシャワーの外に移動させてから、ジャスミンの香りがする泡のボディソープを手のひらにのせて、鎖骨の辺りから塗りたくるように動かしていく。

「自分で――」

「いいから。じっとしてろ」

手は胸のふくらみへ移動し円を描くように動かした後、腹部へとすべらせる。反対の手は腕を洗っていく。

「恥ずかしいです。自分でやります」

どうやら洗うだけに専念している様子だが、右手が下腹部に下りていき羞恥心に襲われる。それどころか肌をすべる男らしい手に、体が火照ってくる。

「黙ってろよ」

観念して征司さんにされるまま、結局洗われるだけでは済まなかった。

翌日、昨日訪れたケーニッヒスアレーのドイツの老舗宝飾店へ連れていかれた。

ガラスケースにはいろいろな宝石のネックレスが並んでいる。どれも豪華すぎて、普段使いなんてとてもじゃないけどできないほど大きい。

征司さんは店員に、ダイヤモンドとルビーが連なるネックレスを出すように言っている。ドイツ語で話しているけれど、手で私を示してからそれを指して、店員が濃紺のビロードの台の上に出しているのでそうなのだろうとわかる。

店員が私にそのネックレスをつけようとする。

「征司さん、どなたかへのプレゼントですか？」

「沙耶につけようとしているのに、それはないだろう」

彼はおかしそうに笑う。

「これでは普段使えないのでもったいないです」

「今日祖父たちのディナーでドレスを着るのに、首もとが寂しいと俺が叱られる」

「でも……」

こんなに高価なネックレスを買ってもらうのは気がひける。

「君はフォーレンハイトの日本支社ＣＥＯの妻だ。パーティーに招待されることもあるし、それなりの装飾品を身につけるべきだよ」

それはそうなのだろうが……。

『フォーレンハイトの日本支社ＣＥＯの妻』という言葉が重くのしかかってくる。

私の役目は彼の妻をしっかりと務めること。それはわかっているけれど、契約結婚だという現実が思い出されて居たたまれなくなる。

「つけてみて。うしろを向くんだ」

仕方なく、店員がつけやすいように髪の毛を持ち上げて体の向きを変える。

冷たいネックレスが首もとに収まった。

「華やかになっていい」

征司さんの指示でほかのネックレスも数点つけてもらって確認したが、最初のダイヤモンドとルビーのものが似合っていたと彼は購入した。

ユーロの値札にあった金額を頭の中でざっと計算すると、私の年収以上の金額だったことにぼうぜんとなった。

夕方、お祖父様のお屋敷の運転手が迎えに来た。日没は二十時過ぎなので、まだ外は明るい。

征司さんはブラックフォーマルに蝶ネクタイを身に着けて、映画俳優さながらの見目麗しい姿だ。

私は生成りのAラインワンピースを着ている。シフォン素材で丈は膝下、胸もとはスクエアカットなので、昼間プレゼントされたダイヤモンドとルビーのネックレスが華やかさを与えてくれる。

もちろん左の薬指には、大きなダイヤモンドのエンゲージリングとマリッジリングが輝いている。

髪は緩くアップにしており、迎えの車の後部座席に乗るとき征司さんがぶつからないように手で押さえてくれていたが、私も注意を払った。

お祖父様のお屋敷は敷地と邸宅が想像以上に大きく、公園のような敷地内を車が進む中、あぜんとなっていた。

そしてレモンイエローの外壁の、まるで城館のような建物の前に着く。あまりの重厚感に、さすが世界のフォーレンハイト社の会長だとうなずくしかなかった。

大きく重たそうな玄関ドアの前に五人のメイドが並び、出迎えてくれる。スーツを着た男性が彼女らの一歩前に立った。征司さんが車の中から、彼は執事だと教えてくれる。

こんな出迎えをされたことなどもちろんないので、急激に緊張してきた。

はぁ……。

いよいよお祖父様とお祖母様との対面だ。失敗しないように気をつけなきゃ。

外側から執事が私側のドアを開けてくれて、征司さんは反対側のドアから外に出た。

私も車外へ足を下ろして、地面に立つ。

そこへ車を回ってきた征司さんが執事に私を紹介して、日本から持ってきたお土産を渡す。

「サヤ様、お見知りおきを。セージ様、旦那様と奥様がお待ちしております。どうぞ中へ」

玄関ホールへ入ってコートを脱ぎ、そばにいたメイドが受け取る。

征司さんは私の腕に手を添えて、立派な玄関から先頭に立って案内する執事の後をついていく。

キョロキョロするわけではないが、玄関を入ってから博物館級の調度品がある。

「沙耶、大丈夫だから。緊張する必要はないよ」

見知らぬ親族に会うことに緊張しているみたいだ。でも、日本人の妻を迎えてお祖父様がいい顔をしていないとお義母様が知っているのだから、征司さんの耳にも入っているだろう。

「はいっ」

征司さんへ顔を向けて、大丈夫だと伝えるようににっこり笑みを浮かべる。

執事が艶やかな木材の扉を開けた。そこはクラシカルなインテリアの応接室だった。

私たちの姿を見て、美しい花柄のソファセットに座っていた老齢の男性と女性が立ち上がる。

「征司さん」

「お祖母様」

征司さんは私をふたりのそばまで連れていくと、小柄なお祖母様とハグをする。

それから綺麗な白髪に口髭と顎髭を蓄えたお祖父様とも肩を抱き合う。

お祖父様は征司さんと同じくらいに背が高くてスタイルがいい。フォーレンハイト社のホームページにお祖父様の顔写真が載っていたが、あれは少し年齢が若い頃のものだろう。今はさらに貫禄がある。

「妻の沙耶を連れてきました。お祖父様、お祖母様、かわいがってください」

征司さんの言葉の後、私は口を開く。

「Freut mich, Sie kennenzulernen. Ich bin Saya Danke dir.（はじめまして。私は沙

耶です。よろしくお願いします)」

「ほう、ドイツ語を学んだのかね」

お祖父様は日本語で話す。

「申し訳ありません。学ぶまでには至らず、挨拶程度です。私のことはサヤと呼んでください」

するとお祖父様は目じりを下げる。

「正直でよろしい。ではサヤと呼ばせてもらうよ」

「沙耶さんとおっしゃるのね。なんてかわいい方なのかしら。征司さんは面食いね」

日本人のお祖母様が笑顔で征司さんをからかう。

歓迎はされないかと思っていたのに、ふたりはうれしそうで困惑する。

征司さんと並んで三人掛けのソファに腰を下ろし、対面にお祖母様、斜めに位置するひとり掛けのソファにはお祖父様だ。

そこへ執事とメイドが紅茶と焼き菓子を運んできた。私たちのお土産も見せている。

「本当にうれしいわ。羊羹は大好きなの。お祖父様もワインより日本酒を好むのよ」

お土産に喜んでくれるふたりの笑顔が見られて、胸をなで下ろす。

「喜んでいただけてうれしいです」

「今夜はドイツ料理でおもてなしをさせていただくわね。沙耶さん、アレルギーはあるかしら？」

「いいえ、とくにありません。初めて征司さんのご実家へお邪魔したときも、お義母様がドイツ料理でもてなしてくださいました」

「まあ、エミーリアがドイツ料理を？　こっちではお料理をさせていなかったせいで、ちゃんと作れるのか心配だったのよ。征司さんはそんなことは話しませんから」

「ヨーコ、セージは仕事で忙しいんだ。そんな話をしている暇はない」

「本当に男の人は仕事ばかりで」

お祖母様は首を横に振って肩をすくめる。

「ホテルに泊まらずうちへ来ればいいものを」

「ここでは落ち着けませんよ」

征司さんは笑いながらお祖父様に言う。お祖父様も勧めておきながら「もっともだな」とうなずいた。

「ふたりは新婚さんなんですから、邪魔はだめですよ。ねえ、沙耶さん。ドイツはお気に召したかしら？」

お祖母様に尋ねられて、にっこり「はい」とうなずく。

なものなの」
「よかったわ。私は日本にいた頃よりもここの方が長くなってしまって、故郷みたい
「エミーリアたちに会いに年に二回ほど日本へ行くくらいだな。でも私は日本が好き
なんだよ」
お祖父様も楽しそうに話し、話題は途切れることなく尽きない。
お祖母様はダイヤモンドとルビーのネックレスを褒めてくれる。
「実は今日、首もとが寂しかったらおふたりに叱られると、征司さんがプレゼントし
てくださったんです」
「そうね。なにもつけていなかったらそう言っていたはずよ」
茶目っ気たっぷりにお祖母様は同意する。
お祖母様は濃い紫のドレスを着ていて、首もとに大きなアメジストのネックレスと
指には同じデザインの指輪をはめている。
「そうそう、今日は征司さんと沙耶さんを私たちが独占したくて、親戚は呼ばなかっ
たの」
「親戚がいたら、こうやって話もままならなくなるからな」
「たしかにそうですね。招待しなくてよかったですよ。俺はお祖父様とお祖母様に沙

耶を知ってもらえればいいので」

征司さんはそう言って、アールグレイの香り高い紅茶を口にした。

しばらくしてお祖母様がお屋敷の中を案内すると提案してくれて、お祖父様と征司さんを置いて応接室を離れた。

「そんなに緊張なさらないでね」

「ありがとうございます。お優しく出迎えてくださり、本当に感謝しております」

「まあ、感謝だなんて。家族じゃないの」

玄関ホールに戻って、専属シェフがいるというキッチンや娯楽室、二階では客間や書斎などを案内してもらった。

「どの部屋も素晴らしいですね。とくにシャンデリアやランプが美しかったです」

「十九世紀末頃に栄えたアールヌーヴォーのガラス工芸家のものなのよ。私が大好きで、ひとつずつ揃えていったの」

お祖母様は日本でも有名なフランスのガラス工芸作家の名前を口にする。

「花の模様や茶色がかった色味が綺麗ですね」

「カメオ彫りというのよ。この色味をわかってくれるなんて、うれしいわ」

お祖母様の大好きなものだったらしく、いろいろと説明を受けているうちに征司さんが現れた。

「捜しましたよ。夕食にしましょう」

お祖母様にそう言った征司さんは私の腰に腕を回す。

「もうそんな時間になってしまったなんて。沙耶さんとお話をしていたら時間が経つのも早いわね」

私たちはダイニングルームへ向かい、専属シェフのドイツ料理を堪能した。

「お土産をありがとう。楽しみにいただくわね。いつでも遊びにいらして。征司さんの出張のときについてくればいいわ」

「ありがとうございます」

ホテルまで送ってくれる車が待機している。

「サヤ、セージ、待っているよ。帰国前に顔を出してくれ」

「わかりました。帰国前日にまた寄らせてもらいますよ」

「楽しみにしているわ。沙耶さん、車に入って。寒いから」

「お祖父様、お祖母様、今日はありがとうございました」

お礼を伝えてから、運転手が開けた後部座席に乗り込んだ。

征司さんも私の隣に座ると、車は動きだす。

「だいぶ気を使わせたな」

「いいえ。楽しい時間でした。実はお義母様から、お祖父様は日本人を妻にして怒っているけど気にしないでみたいなお話を聞いていたんです」

「母さんが？　すまない。そんな余計なことを言っていたとは。会うのが怖かっただろう？」

征司さんの手が膝の上に置いた手に重なる。

「はい……でも、喜んでくださっていたので安堵しています」

「ああ。祖父母は俺が結婚して喜んでいる。たしかにドイツ人と見合いを何度かさせられていたし、祖父の希望はそうだった。俺も祖父の反応は今日会うまでわからなかった。だが、沙耶をすぐに受け入れてくれたし。一番の希望は俺が所帯を持つことだったんだな」

「そうなんですね」

これで心配事がなくなり、残りの滞在を思いっきり楽しめそうだ。

「うれしそうだな」

「はいっ、最高の気分なので、帰国までの日数を思いっきり楽しめます」

「ああ。思う存分楽しんでほしい。沙耶の希望を叶えるよ」

征司さんが端整な顔を緩ませた。


あっという間に帰国の日となり、プライベートジェットはデュッセルドルフ空港を昼過ぎに出発した。羽田空港には朝の十時三十分頃到着予定で、あと二時間ほどで着陸する。

征司さんは後方のテーブルでノートパソコンを前に仕事をしている。

私はというと、座席でスマホを手に、この旅行で撮った写真をスライドさせながら振り返っていた。

お祖父様たちに会った翌日は、二軒の住居の内見をした。

ひとつは古い三階建ての大きな邸宅で、もうひとつは五年前に建てられた二階建てのかわいらしい家だった。中庭があって、部屋の間取りも使い勝手がよさそうだし、そんなに広い家は必要ないので私たちは後者が気に入った。

まだ契約はしていないが、帰国してからもう一度オンラインで確認したり、お祖父様の家のスタッフに近隣をリサーチしてもらったりしてからになる。近くにはスーパーマーケットやレストラン、おしゃれなカフェなどがあるのは確認している。

そして、翌日はオランダのアムステルダムへ征司さんの運転で出かけた。

デュッセルドルフの運河とはまた違った趣きがあって、いたるところに運河が流れており、建物もメルヘンチックでかわいらしい街だった。

花市場や王宮、ゴッホ美術館、なんといってもオランダと言えば風車で、たくさんの写真を撮った。色とりどりのチューリップもちょうどシーズンで、キューケンホフ公園に広がる一面のチューリップの圧倒的な景色に感動だった。

ベルギーのブリュッセルにも一泊で出かけ、有名な小便小僧やステンドグラスが美しいサンミッシェル大聖堂やそのほかの観光地を楽しんだ。ワッフルなどのスイーツも堪能し、お土産に味見しておいしかったプラリネを購入した。

終わってしまったのが残念なくらいの、とても贅沢で最高の旅行だった。

この数日間で、征司さんにグンと近づけたと思う。

彼はいつでも優しくて私を楽しませてくれ、夜は情熱的な濃い時間で……本当のハネムーンみたいだった。

彼は私に特別な気持ちをまったく持っていないのかな。

夫としての義務を果たしているだけには思えないけれど、それは単なる私の願望だろうか……。愛してくれている錯覚に何度も陥ったくらいに。

「なにを見ているんだ？」

通路に立っている征司さんに聞かれて、我に返る。

「あ……旅行の写真を見ていたんです」

「なるほど」

「征司さん、あらためてお礼を言わせてください。とても楽しいゴールデンウィークでした。ありがとうございました」

「礼を言う必要はないよ。俺も楽しかった」

彼は腰を屈めて、髪に唇を落とす。

そんなふうにごく自然とキスをするから、愛されているのではないかと思ってしまうのだ。

九、父の日記と疑念に駆られて

「沙耶さん、おはよ〜」

ゴールデンウィーク明け、いつもと同じように一番で出勤していた私のところへ、詩乃さんがやって来た。

「おはようございます」

彼女は健康的に日焼けをしていた。

「会いたかったわ〜」

椅子に座っている私に詩乃さんは抱きつく。

「私もです。モルディブ、楽しかったみたいですね」

一度、美しいエメラルドグリーンの海とコテージのソファでポーズを決める詩乃さんの写真がアプリで送られてきた。

「ええ。海は透明度があって綺麗だったし、水上コテージはロマンティックだったし、言うことなかったわ。ドイツはどうだった？」

「私も言うことないくらい遊んできました」

「榊CEOのプライベートジェットだものね。うらやましすぎるわ。後でゆっくり話しましょうね。お土産もあるの」

「はいっ。では、コーヒーを用意してきますね」

そろそろ征司さんが出社する時間で、コーヒーを入れに席を立った。

その日は休暇明けということもあって、秘書室には各地へ行った同僚たちのお土産がたくさん並び、みんな休憩時間に楽しんでいた。

かく言う私もお饅頭やクッキー、おせんべいやチョコレートなど喜んでいただいた。

ベルギーで購入したプラリネは征司さんの好意もあって、ひとりひと箱ずつのお土産にしたので、同僚たちはうれしそうにカバンの中へしまっていた。


仕事がたまっていてなかなかランチの時間を詩乃さんと合わせられず、ようやく一緒に出られたのは一週間後だった。

「ふぅ〜先週は怒涛の一週間だったわね」

「休暇中もショールームは営業していましたから、仕事がたまっていましたね」

「ええ。で、旅行はどうだった？　いただいたプラリネはベルギーだったわね」

いつものイタリアンレストランで、詩乃さんはトマトクリームソースのパスタをフォークでクルクル巻いて口へ運ぶ。

「はい。オランダとベルギーにも連れていっていただきました」

「うわっ、なんてうらやましいの。それにしても『連れていっていただきました』って、夫婦なんだから。まあ、沙耶さんらしいけれどね」

「あ……仕事モードが抜けなくて」

自分自身では違和感はないが、他人から見たらおかしいのかもしれない。

「詩乃さん、モルディブの話をしてください。彼氏とふたりっきりって始終甘々なんですか？」

「やだぁ、聞きたいのはこっちよ。夫と一緒で始終甘々だったんでしょう？　榊CEOはプライベートでは絶対沙耶さんを溺愛していると想像するわ」

詩乃さんにつっこまれて、頬に熱が集まってきて水を飲む。

「もー、沙耶さんったらわかりやすいんだから」

彼女はケタケタと笑ってもっと聞きたがった。

「だめですよ。お昼休みがなくなっちゃいますから」

ふたりきりのときの征司さんは、たしかに私を存分に甘やかすし、愛されていると思うほど大事にしてくれている。それでも本当は契約夫婦だなんて言ったら、詩乃さんはどんな顔をするんだろう。

「じゃあ、また今度聞かせて。榊ＣＥＯと沙耶さんの生活がとっても気になるの」

「ごく普通の夫婦ですよ。あ！　早く食べなきゃ」

カルボナーラを口に入れると、詩乃さんも苦笑いを浮かべて食べ始めた。


五月中に月島の家から荷物を移動させなくてはならないので、月末の土曜日の午前中、片づけに赴いた。

征司さんは午前中に出張から戻る予定で、迎えに来てくれる約束をしている。

久しぶりに月島の家に入ると、懐かしい気持ちに襲われた。

祖母が生きていた頃や、四苦八苦しながら亜理紗を育てたときのことを思い出しながら、最後の荷物を段ボールに詰めていく。

明日、レンタルスペースへ業者が運ぶように手配をしていた。

この家は取り壊されるので掃除をしなくて済むが、長年住んでいた礼儀できちんと掃除機をかけた。

最後の点検をしていると、祖母のタンスの奥に綺麗な装丁の本のようなものが入っていることに気づく。パラッとめくる。

「お父さんの日記……」

祖母は読もうと思っていたのだろうか。もしくは読んだのかもしれない。

懐かしい……。

『お父さん、この綺麗な本はなあに？』

書斎の本棚にこれを見つけたときは中学生で、気になって父に聞いた。

『これは父さんの日記だよ。いや、たいしたことは書いていないから、沙耶が読みたいと思ったときに読みなさい』

『えー、どうせ勉強のことばかりでしょ』

『いやいや、沙耶と亜理紗のことも書いてあるかもしれないぞ』

父は笑って話していたが、あの頃すでに肺がんに侵されていたのだ。

懐かしくて読みたくなり、持ち帰るものを入れるための大きなトートバッグに父の日記を入れた。

そこへスマホがメッセージを着信した。征司さんからで、自宅に着いたからこれから向かうとある。出張帰りで疲れているのに申し訳ないと思ったが、あと三十分もしないうちに会えるのはうれしい。

少ししてチャイムが鳴って、玄関へ行く。到着にはちょっと早いが、道が空いていたのかも。

「はーい」

玄関のドアを開けた瞬間、目の前に立っている男性にびっくりしてドアの取っ手を持ったまま立ち尽くす。

「やあ」

「祐輔さん……どうして……？」

驚くことに彼はうれしそうに笑みを浮かべる。

「話があってな」

「話……？」

なんの話だというのだろう。あ、増田さんの件……？

「増田さんの体調はいかがですか？」

「親父？　知るわけないだろ。会っていないし。まだお前の件で怒りが解けていないんだ。中へ入れてくれないのか？」

「会っていない……？　病気のお父さんなのに心配じゃないんですか？」

すると祐輔さんは不機嫌な顔になった。

「知らねえよ。あっちがかたくななんだよ。お前のエンゲージリングは送られてきたが。それでお前に話があって来たんだ」

「私にはありません。片づけをしているので、お引き取りください」

「は？　お前と結婚してやろうと思っているのに」

祐輔さんは私を押しのけて強引に玄関に入ってしまった。

「どういうことですか？」

「俺と結婚する予定だった女、妊娠は嘘だったんだ。検査薬まで見せられたのにな。今は陽性のキットが簡単に手に入るらしい。本当に参ったよ。お前と結婚したら親父とも和解できるからな。そうしないと相続人からはずされそうなんだ」

つらつらと言ってのけるが、要は結婚する相手が妊娠したと嘘をつき、破談になった。私と結婚をすれば父親とも和解できて、いざとなったとき財産を相続できるからやって来たようだ。

「計算高い男ですね」

「お前だってそうだろ。金欲しさに俺と結婚するはずだったんだからな」

「増田さんからなにも聞いていないんですね。私、結婚したんです」

エンゲージリングとマリッジリングをはめている左手が見えるように、祐輔さんの顔の前へやる。

「なんだって？　結婚した⁉」

「きゃっ」

グイッと憤慨した顔を近づけられ、上がり框に尻もちをついてしまった。

「まだ二カ月しか経っていないのに、結婚しただと？　とんだ性悪女だな！　どんな手を使ったんだよ。どうせ金目あてだろ」

肩を押され、背中が上がり框の床につく。

彼は私の顔の横に両手をついた。

「なにをするの？　やめて！」

脚をバタつかせるが、ジーンズをはいた太ももの間に彼の膝が入り込み、身動きが取れない。

「どいて！」

「教えろよ。姑息な手を使ってダイヤをもらったんだろう！　体か？　どんなやつだよ。どうせ老人だろ」

思い通りにならなかった腹いせなのか、恐ろしいくらいの形相だ。

身の危険を感じ、脚を思いっきり上げた。

「そんなんじゃ、びくともしないぜ。言ってみろよ。どうやって結婚したんだよ」

「話す必要なんてないわ！」

「くそっ！」

彼が右手を振り上げたとき、玄関が乱暴に開けられた。

「なにをしている！」

征司さんの怒号が響き、振り上げられた手首を掴んだ。

ギリギリと締め上げられて、祐輔さんは低く呻き、「わかった、わかった。離せよ」と言う。

征司さんは腕一本で彼を私から引き離し、祐輔さんは玄関に転がった。

「沙耶、大丈夫か？」

「はい……」

征司さんが来てくれて安堵し、今になって震えてきた。

「お前はフォーレンハイトの！」

立ち上がった祐輔さんは征司さんが誰なのかわかったようだ。

「俺の妻になにをした？　警察を呼ぶ」

征司さんはスマホをポケットから出す。

「は？　なにもしてないさ。その女が誘ってきたから、かわいがってやろうとしただけだ」

「その女？　俺の妻を〝その女〟扱いするんじゃない！」

征司さんのこんなに怒った顔を見たのは初めてだった。普段は冷静沈着な彼が激高している。

祐輔さんは征司さんに脅威を感じたのか、薄ら笑いをして、両手を軽く顔の横に上げた。

「からかっただけだよ。激怒しなくてもいいだろ」

「もう二度と妻に近づくな。近づいたら許さない」

「結婚している女に興味ねぇよ」

じりじりと後退しながら玄関を出ると、そそくさと彼は止めてあった車に乗り込んで立ち去った。

「本当になにもされてない？」

「はい。詰め寄られて倒れたところだったんです」

「……よかった」

征司さんは心底ホッとしたように吐息を吐いた。

「で、やつはなぜ来たんだ？」

「婚約者の妊娠が嘘だったようです。婚約破棄をして、いまだに和解していない父親の相続人からはずされそうだから、私ともう一度結婚したいと」

「卑劣で最低なやつだな。間に合ってよかった」

「征司さんかと思って、玄関を開けたら彼で……びっくりでした」

あんな息子なら、増田さんはいつも心中穏やかでいられないだろう。

私は彼と結婚しなくて本当によかったのだ。そして、契約結婚とはいえど、最高の男性と結婚することができた。

「車が前に止まっていたから嫌な予感がしたんだ」

「増田さんはまだ彼を許していないみたいです」

「懲らしめる必要があると考えているんだろう。怖かっただろう、二度とやつを近づけさせない」

征司さんの手が後頭部に回って胸に引き寄せられた。

「……はい」

彼の温かさに心の底から安堵した。征司さんの心が私のものだったら、天にも昇る気持ちになれるのに。

私を安心させるように彼の手が髪をポンポンとして、体が離される。

「手伝うよ。なにをすればいいのか言ってくれ」

「あ、もう終わりました」

明日、業者の立会いと不動産屋に鍵を返却するだけ。長く住んだこの家と完全に関係がなくなると思うと寂しさに襲われた。この家は壊されてなくなる。

「では、ランチをどこかで食べてから帰ろう」

「荷物を取ってきますね」

部屋の中へ戻って、自宅へ持っていく荷物の入ったトートバッグを肩からかけた。


その日の夜。

征司さんが書斎で仕事をしている間、月島の家から持ってきた父の日記をソファに座り開いてみる。

あのとき父が私に話したように、仕事のことばかりでなく自分の体調や家庭のこと、とくに私と亜理紗の成長については楽しそうに書かれてあった。

余命を知らされた父がどんな思いだったのかも。私たちを残して死ぬかもしれないことが怖いと書かれてあった。

亡くなって十年以上も経っているのに、その文章にはさすがに胸が痛くなった。

パラパラめくっていると、〝榊〟の文字が目に入り一ページ戻る。

【かねて教授たちの間で優秀だと話題の生徒ふたりが、私の講義を三学年から取った。御子柴絢斗《みこしばあやと》君は日本橋《にほんばし》の老舗呉服屋の跡取りで、ずば抜けた商才がありそうだ。レポートはとくに秀逸だ。榊征司君は四カ国語を使えるクワドリンガルで、行動力と記憶力、そして弁が立つ頭のいい持ち主。将来は有望だ。彼らと先日飲んだ酒は実にうまかった】

征司さんはお父さんの生徒だったの？

経営学部の教授だった父の日記には、このふたりしか生徒の名前は出てきておらず、とりわけお気に入りだったように思える。

もしかして……征司さんは、私が栗花落《つゆり》教授の娘だと知っていた……？

〝栗花落《つゆり》〟という名字は珍しいから、フォーレンハイトに入社して征司さんに出会ったときに彼が気づいた、もしくは……。

そもそも私は、社員になれるほどの実力が今思えばなかったかもしれない。だとしたら、恩師である父の娘だから征司さんは私を採用し、困っているのを知り妻にした。

そこにあるのは……同情？　恩師への恩返しのつもりで……？

「沙耶？　ぼんやりしてどうした？」

征司さんの声にハッとなって顔を上げる。

「あ、お父さんの日記を読んでて——きゃっ」

突として抱き上げられて、慌てて首にしがみつく。

征司さんのことが書かれていたと言おうとしたが、唇が重ねられてベッドルームに連れていかれ、そこから先は甘い時間になり話す機会を失った。


翌日の日曜日の夕食。

デュッセルドルフで食べたシュニッツェルのレシピをお義母様から聞いて作り、書斎から出てきた征司さんを驚かせた。

「うまくできているじゃないか」

綺麗なカツレツの色のシュニッツェルとマッシュポテトを添え、ベーコンやウインナー、レンズ豆で煮込んだスープのアイントプフがテーブルに並んでいる。

「お義母様から作り方を聞いたんです。アイントプフは征司さんが大好きだからとたくさん作ったのでお代わりしてくださいね」

「おいしそうだ。ありがとう。いただくよ」

スプーンを持った征司さんが食べるところをジッと見守る。

「おいしいよ。沙耶も見てないで。冷めるよ」

征司さんはナイフとフォークを手にして、シュニッツェルをひと口大に切って口に入れた。

私もアイントプフの細かい野菜とウインナーをすくった。

食事もあと少しというところで、征司さんが思い出したように切り出す。

「沙耶、結婚式を挙げよう」

「え？　結婚式を？　今さら感が……」

形だけの結婚だからやらないものだとばかり思っていたけれど、立場上むしろ行わないと説得力に欠けるからだろうか。

「それは思い込みだよ。婚姻届をすでに出したとしても、結婚式を後で挙げるカップルだっているさ」

征司さんは穏やかに微笑んでいて、契約結婚の思惑などは感じられない。彼の本意はどこにあるんだろう。

式をする意味合いは置いておいて、ウエディングドレスを着てみたいと大半の女性なら思うだろう。私もそう。

「……うれしいです」

「では、池田と相談してスケジュール調整をして日程を出してもらおう」

「はい」

結婚式はうれしいけれど、なんだろう……気持ちが落ち着かない。

食器の後片づけをしながら、征司さんが私を妻にした理由はもう考えないようにしようと決めた。

もちろん、お祖父様のお見合い攻撃をやめさせるためだったのは承知している。でも彼と過ごしていると、もしかして愛されている？と思うほど熱く見つめてくれていると思うのは勘違いではないと思う。だからこそ、日記から推測した内容は心の底から残念だった。

でも、征司さんは私を大切にしてくれているし、きっとなにがあっても守ってくれるだろうという自負もある。だからこれ以上、契約結婚について深く考えすぎるのはやめようと思ったのだ。

今はまだ二十時。

月島の家にあった段ボール箱をレンタルスペースに移すため業者に依頼したので今日の昼間に立ち合い、不動産屋に鍵を返した帰りにプリンを購入していたのを思い出した。

征司さん、食べるかな。

キッチンを出て、書斎にいる征司さんのもとへ向かう。書斎のドアは開いていた。

「プ……」

プリン食べますか？と聞こうとしたが、征司さんは窓辺に立ち背を向けてスマホで電話中だった。

「ああ。この結婚は計画通りだ。うまくいっている。順調だ。栗花落《つゆり》教授の——」

え……？

父の名前を耳にしたところで困惑して、次の言葉を聞き逃した。

この結婚は計画通り……？　お父さんがどうしたの？　誰と話しているの？

そこでまた征司さんの声が耳に入ってきた。

「仕方ないな。わかった。少しなら付き合う。そうだな……十五分後に」

通話が終わりそうで、急いでその場を離れてキッチンへ戻ってシンクの前へ立つ。

どういうこと……？

聞いてはいけないものを聞いてしまったようで、心臓がドキドキ暴れている。

カットソーの上から胸の辺りを押さえた。

「沙耶?」

背後から征司さんの声がして、困惑している表情を見られたくなくて、コップを洗っているふりをする。

「征司さん、コーヒーですか?」

不自然にならないように顔を若干振り返らせて尋ねる。

「いや、大学時代の友人から電話で、今隣のホテルのバーラウンジで飲んでいるんだ。少し顔を出してくる」

「わかりました。いってらっしゃいませ」

「ああ、いってくる。早く戻ってくるつもりだが、遅かったら先に寝てて」

征司さんがキッチンを離れ、少しして玄関が閉まる音がした。

さっきの電話の相手は大学時代の友人……。この結婚は計画通りって、なんの計画? どうしてお父さんの名前が出たの?

征司さんが私を妻にした理由はもう考えないと決めたばかりなのに、思案せずにはいられない。

征司さんは約三時間後に帰宅した。

私は一時間前にベッドに入ったが、ずっと征司さんの言葉を考えていたせいで眠れずにいた。

どんな顔をしていいのかわからないから、彼が来る前に眠らなきゃ。

目を閉じるものの、いっこうに眠気はやってこない。そうこうしているうちに、征司さんが近づく気配がした。

ベッドサイドテーブルのライトはついており、私が眠っていると思ったのだろう。

征司さんはそのままバスルームへ向かった。

少しして、彼がベッドに入ってきてスプリングが小さく軋んだ。征司さんに背を向ける形で私は息をひそめていたが、ウエストに腕が回って彼の体が密着する。

髪がなでられてすぐ耳たぶに吐息がかかり、思わずビクッと体が揺れた。

「ん……おかえりなさい」

こんな気持ちで顔を合わせるのは嫌だけれど、寝ていたふりはもう続けられない。

「ただいま。起こしてすまない」

肩を軽く掴まれ仰向けにされて、征司さんが腕を枕の横につき凝視してくる。

その瞳は艶めきを放っているように見えた。

「征司……さん？」

「沙耶が欲しくなった」

唇をやんわりと食まれ、下唇が甘く吸われる。バーボンの香りがしてくる。

「愛していい？」

彼にとっては愛ではなくて単なる性的欲求なのかもしれないけれど、征司さんに触れられると心も体も満たされるので、求められれば嫌と言えない。

でも……。

「ね、眠くて――」

微かな抵抗をする口が塞がれる。

「眠っていい」

そんなのは無理で、首筋をちゅ、ちゅと移動するキスがくすぐったくてクスクス笑いが込み上げてくる。

「む、無理です」

微かな抵抗も虚しく、彼はすぐに降伏する私の体をあますところなく征服してとろけさせていった。

十、真実の愛と策略

六月に入った木曜日。最近は天気がよく、梅雨入り前の晴天を楽しむ時季だ。

昨日、増田さんから電話をもらい、征司さんから祐輔さんの先日の行いを聞き、彼は食品工場のある上海へ異動したと知らされた。

愚息で本当に申し訳なかったと、増田さんは平謝りだった。

征司さんが……。私に二度と危害が及ばないように手を回してくれたのだ。

増田さんから電話があった旨を彼に話すと、『上海で女性を泣かせなければいいな』と苦笑いを浮かべた。

パソコンに向かって月末の株主総会の準備をしていると、隣の席で電話対応を終わらせた詩乃さんがこちらを向く。

「沙耶さん、ランチに行きましょう」

オフィスを出た私たちは近くの老舗蕎麦屋に入って、天ぷらのついたざる蕎麦を頼んだ。ほどなくして届き、さっそく食べ始める。

「榊CEO、今日からショールーム行脚《あんぎゃ》ね」

「詩乃さん、行脚って。使い方間違っていますよ。ふふっ」

行脚とは僧が諸国を巡り歩いて修行することである。征司さんは僧侶ではないし、車で移動だ。

「でも、一週間かけて全国を視察するんでしょう？　行脚並みにハードよ。専務も同行しているし、ショールームのスタッフはさぞかし戦々恐々としているだろうなと思うわ」

「すべてのショールームを回るのは大変ですよね。かなりの強行スケジュールです」

「一週間も不在だなんて、奥方としては寂しいわね」

征司さんとのことは自分の中ですっきりしていなくて、一週間の留守はよかったのかもしれないと思う。

「海外出張だと一週間以上にもなるので、これくらいで寂しいなんて言っていられないです」

「沙耶さん、偉いわ。そうだった。誘おうと思っていたことがあるの。明日の夜に彼と食事をするんだけど、一緒にどう？　ずっと、私の友人と会いたいって言われ続けていたのよ」

「彼氏さんと三人で食事を？」

「ええ。韓国料理はどう?」

詩乃さんの婚約者に会うのは緊張するが、一週間はひとりで食事をすることになるので、それも楽しいかもしれない。

「わかりました。ドキドキしちゃいますけど」

「別にドキドキしなくていいから」

詩乃さんは笑って、楽しみに取っておいたエビ天をパクッと口にした。


金曜日の夜、退勤後に詩乃さんと向かったのは銀座にある韓国料理店だ。

テナントビルの五階にあって、店内へ入ると詩乃さんの婚約者、椎葉翔太《しいばしょうた》さんがすでに待っていた。

窓際の四人掛けの席に座っていた椎葉さんが私たちに気づき、立ち上がる。

「翔太、お待たせ」

「俺も今来たとこだよ。沙耶さんだね? 椎葉です。いつも詩乃が面倒かけてます」

細身でスーツがよく似合うイケメンだ。

詩乃さんと幼なじみで、同い年と以前聞いていたから二十六歳のはず。

「面倒をかけているのは私の方です。詩乃さんにはいつもお世話になっております」

ペコッと頭を下げてから、椎葉さんに勧められて席に着く。詩乃さんは椎葉さんの隣だ。

「まず飲み物を。なににしますか？」

椎葉さんからメニューを渡される。

「沙耶さん、マッコリ飲みましょうよ。フルーティーなものもあって飲みやすいのよ」

メニューへ視線を落として見ると、たしかにいろいろなマッコリがある。飲んだことはないが、話には聞いたことがある。

「では、マスカットのマッコリにします」

「マスカット、さっぱりしてそうね。私は……桃にするわ。翔太は？」

「俺はビールがいい。今日は暑かったからな」

詩乃さんは店員を呼んで、ドリンクと食事を頼んだ。

ビールとマッコリが先に運ばれてきて、キムチや韓国の卵焼きなど数種類の小皿料理をおつまみにして乾杯する。

「んーっ、おいしい！　沙耶さんも飲んで」

勧められてマスカットのマッコリを飲む。ふわっと口の中に香りが広がる。マスカットと甘酒を乳酸菌飲料で割ったような味でおいしい。

「飲みやすくて、グイグイいっちゃいそうです」

アルコールは征司さんが一緒のときに二杯程度飲んでいるが、それが限度なのでマッコリもそれくらいにしないと酔ってしまうはず。

店員がサムギョプサル用のカセットコンロにプレートをセットし火をつける。そこへ分厚くてまだ切られていない長い豚肉を並べ、その横にキムチも置いて去っていく。

そのほか、タコ炒めのナクチポックムや海鮮チヂミもテーブルに並んだ。

しばらくしてサムギョプサルが焼けて、店員にカットしてもらったものをサンチュや白髪ねぎ、キムチとたれのサムジャンなどをのせてパクッと食べた。

久しぶりの韓国料理はとてもおいしい。

前のふたりは私がいてもラブラブで、翔太さんがサンチュで巻いたサムギョプサルを詩乃さんの口もとに持っていって食べさせようとしている。

本当に愛し合っているのなら、恋人同士ってこんなふうなのね。

私たちは違う……。征司さんは優しいし情熱的に私を抱くけれど、愛を伝えてはくれない。

「あ！　沙耶さん、ごめんなさいっ。私たち、バカップルでしょう。でも、榊ＣＥＯもふたりきりだったら甘々なんじゃない？」

否定もできないので、適当にうなずいてごまかした。

「ふぅ～」

マッコリを結局三杯飲んで、タクシーでレジデンスに戻った。

帰宅してからも詩乃さんと椎葉さんの仲のいい雰囲気が頭から離れない。

窓辺に立って、そこから見える東京のシンボルタワーを眺める。とても恵まれた生活をさせてもらってる……。

私は征司さんを愛している。でも彼は違う。もしも彼に心から好きな人が現れたら？　私は征司さんから離れられるのだろうか。

考えただけで涙が浮かび、気持ちが沈む。それでも、彼を愛しているからこそ、幸せになってもらいたい。

電話で聞いてしまった〝計画通り〟とはなにかまったくわからないけれど、征司さんが父の教え子で、私を最初から知っていたのは間違いないと思う。

「そうよ。間違った結婚生活を征司さんにさせてはいけない」

酔っているからなのか、征司さんと別れるのが一番いいと思い始めた私は、その勢いで離婚届をダウンロードしてプリントアウトした。

眠りを邪魔したのは枕もとで鳴る音だ。

ん……電話が……鳴って……る！

眠い目を開けて、サイドテーブルの上に置いたスマホを手にして確認する。

亜理紗！

通話をタップして耳にあてる。

「もしもし、亜理紗？」

《もー、お姉ちゃん、なかなか電話に出ないんだもん。寝てた？》

「うん、寝てた。今何時……」

室内の壁にかけられたスタイリッシュな時計へ目を向けると朝の九時。普段よりだいぶ寝坊だ。

《今日、泊まりに行っていい？　っていうか、あと十分で搭乗だから》

「ずいぶん突然だね、もちろんいいけど、どうかした？」

《もうすぐ月島の家壊されちゃうんでしょ。もう一度見ておきたいなって。明日には帰るよ。授業あるし》

思い出がたくさんあるから、壊される前にお別れをしたいのだろう。

「じゃあ、家を見てもんじゃを食べようか。空港に迎えに行くわ」
《うんっ、到着時間はメッセージで送る。じゃあね》
通話は切れて、スマホのメッセージアプリを確認する。
征司さんからの連絡は入っていなかった。

羽田空港の到着ロビーで待っていると、亜理紗が「お姉ちゃん！」と元気に手を振って走ってきた。

「お迎えありがとう！　お義兄さんは家？」

「出張でいないの」

「なーんだ。イケメンの顔を拝みたかったのに」

亜理紗は残念そうにため息を漏らし、前にもそんなふうに言っていたなと笑う。

「また今度会えるわ。じゃあ、行こうか」

大きめのトートバッグひとつを肩からかけた亜理紗は、反対の手を私の腕に絡めると歩き出した。

電車で月島へ向かい、到着して通りに出た亜理紗は懐かしそうにキョロキョロしている。

「やっぱり住み慣れた月島はいいな～」

「向こうでの生活は大変なの？」

「え？　ううん。勉強も楽しいし友達もたくさんできたし、食事もおいしいし、言うことなしよ」

「よかった」

　ホッと安堵する。

「でもさ、やっぱりここが壊されると思ったら、最後に見に来たかったってわけ」

　住んでいた家の前へやって来た。

　亜理紗は辺りをキョロキョロしてから、両手を拡声器のように口に持っていく。

「今までありがと～」

　家に向かって大きな声でお礼を言った。

「もうっ、亜理紗ったら……でも、いいわね。私も。今までありがとうございました！」

　私も亜理紗と同じように、家に向かってお礼を言ってお辞儀をした。

　顔を上げたとき、涙が頬を伝っていた。

　父を亡くして母が出ていってから、祖母に引き取られてここで暮らした思い出が脳裏を占めて涙が出てきてしまったのだ。

「やだぁ、お姉ちゃんったら感傷的になりすぎよ」

亜理紗はケロッとして、瞳を潤ませていなかった。

「だって……楽しかったことやつらかったことを思い出したら泣けてきちゃったの」

「お姉ちゃんは一生懸命私を育ててくれたしね。私はおばあちゃんが亡くなったときだけ悲しかった。あとはお姉ちゃんのおかげで幸せだったよ」

「……ん、そろそろ食べに行こうか」

「うん！　賛成〜」

にっこり笑った亜理紗は私の腕に再び腕を絡めた。

亜理紗の好きな明太餅チーズもんじゃとカレーもんじゃを食べてから、銀座へ向かった。彼女の必要な文具類などを買って、レジデンスに招き入れた。

「すごい部屋……」

初めて訪れる亜理紗はポカンと口を開け、窓から見えるシンボルタワーを見ている。

「そっか。初めてだったね。こっちを使ってね」

私の部屋に案内した。月島の家から持ってきた布団一式があるのでそれを使ってもらおう。

リビングに戻って、亜理紗は思い出したように口を開く。

「あ、充電器持ってくるの忘れちゃったの。コード貸して」

「えーっと、私の部屋のチェスト、一番上の引き出しにあると思うわ。亜理紗の好きなバナナジュース作るわね」

「はーい」

亜理紗は向こうへ駆けていく。

「お姉ちゃんっ！」

「え？」

キッチンへ行こうとしていたところで、亜理紗の大声が響いた。

「離婚届ってなに⁉」

あ……。

リビングの端にあるプリンターから昨晩取って、チェストにしまったんだった。

「コード探していたらこれが上にあったから。離婚届が必要なのは、まさかお姉ちゃんとお義兄さんじゃないよね？」

「ち、違うよ……」

亜理紗に心配をかけたくなくて否定をするが、納得していない様子だ。

「お姉ちゃんは嘘がつけないんだから、バレバレだよ。ちゃんと話して？　私はもう大人よ？」

北海道へ帰るまでしつこく聞かれるだろう。

「……亜理紗。ちゃんと話をするわ」

ため息を漏らし、神妙な面持ちの妹をリビングへ連れていき、ソファに座らせて隣に座る。

「ちゃんと話をするって、やっぱり離婚を考えているの？　お義兄さんが嫌いになった？」

「征司さんを愛しているわ。離婚届は昨晩ダウンロードして印刷したの。最初から話すね」

亜理紗は困惑した顔を私に向けた。

増田さんの病気の件から話し始め今までの経緯を伝えているうちに、妹の顔がゆがんで泣きそうな顔になる。

「私を大学に行かせるためだったの？」

「獣医学部の授業料は高いし、奨学金制度を利用したら、獣医師になってもずっと返済をしなくてはならないから」

「お姉ちゃん！　奨学金制度は利用しなかったけど、自分の好きな道を進ませてもらったんだもん、出してもらったお金は少しずつお姉ちゃんに返すつもりだったよ」

膝の上に置いた私の手を両手で握る。

「私のためにいろいろ悩んで、行動してくれていたんだね。本当にありがとう」

「亜理紗……。そんなふうに考えていたなんて。お姉ちゃん、考えが足らなかったわ」

「でも、お義兄さんと離婚するの？　お姉ちゃんは愛しているって言っていたけど、お義兄さんは？　好きじゃなかったら結婚しないいんじゃないの？」

征司さんがお父さんの大学の教え子だったことを日記から知り、電話で〝計画通り〟と話しているのを聞いたのだと話す。

「私は愛しているけど……もしも征司さんがお父さんとなんらかの約束をして義務で結婚したのだとしたら、彼に申し訳ないの」

「お姉ちゃん……」

「心配をかけてしまってごめんね。亜理紗の気持ちはわかったから。お金のことは心配せずに、今は勉強をがんばって。獣医師になってね」

「うん。必ず獣医師になるから。お姉ちゃん、ありがとう」

月島の家のお別れでは泣かなかった亜理紗が瞳を潤ませて、私に抱きついた。

【榊CEOは予定を変更して本日十八時に執務室に戻ります】

池田さんからメッセージが送られてきたのは、月曜日の十七時過ぎだった。

予定を変更して今日……？　本来なら水曜日の夜に出張から戻ってくるはずだった。急がなければならない案件はないのに。でも、どうして急な連絡なの？　あと一時間しかない。

立ち上がって課長のところへ行き、榊CEOの帰社の連絡をする。

「ええ。私にもメッセージがきたわ。専務と池田さんは引き続き出張を続けると」

「そうなんですね。私には榊CEOが十八時に戻るとだけしか……」

征司さんになにかあったのだろうか。まさか体調不良？

席に戻って征司さんの私用のスマホに心配のメッセージを送るが、既読にならない。

とりあえず、今日一日の電話対応のメモと株主総会の概要を揃える。

十八時少し前、コーヒーをタンブラーに入れて席に戻ったところで内線が鳴った。

征司さんだ。急いで受話器を取る。

「お疲れさまです」

《こっちへ来てくれ》

声がどことなく疲れているように聞こえる。大丈夫だろうか。

「はい。すぐに参ります」

タンブラーとファイルを持って執務室へ向かう。

ドアをノックして入室すると、スーツのジャケットが無造作にソファの背に置かれているのが目に入る。

三つ揃いのベスト姿の征司さんは立ったまま仁王立ちをしていた。

どうして、そんな顔を……？

「お疲れさまです。コーヒーをどうぞ。留守中の案件を置いておきます」

困惑しながら征司さんの横を通り過ぎ、プレジデントデスクの上に置く。

両手になにもなくなったところで、驚くことに背後から抱きしめられた。

「ど、どうしたんですか？　やっぱり具合が……？」

「離婚届って、いったいなんなんだ？」

耳もとで押し殺したような声で問われて、心臓がドクッと跳ねる。

自宅にある離婚届はあの後自分の引き出しに入れたから、仮に彼が一度家に戻ったとしても見られていないはずで、すぐに亜理紗が知らせたのだと悟る。

「亜理紗から連絡がいったんですね……？」

クルリと向きを変えさせられて、漆黒の瞳とぶつかる。

「いきなり『お姉ちゃんを愛していないのなら離婚して。学費は必ず返すから貸してください』と電話があったんだ。亜理紗ちゃんはなぜそんなことを？」

亜理紗ったら……。でも、自分からは切り出せなかったかもしれないから、これでいいのかもしれない。

「話します」

征司さんはソファセットの三人掛けの端に私を座らせ、自分は斜めのひとり掛けのソファに座った。膝が触れ合いそうなくらい近い。

「……結婚してから今まで、味わったことがないくらい幸せでした。いろいろな経験をさせてもらえて、恵まれた結婚生活を楽しんでいました。でも……征司さんはどうでしょうか」

「もちろん俺も楽しい。だから離婚したいと思うのがわからない」

でも、〝楽しい〟は〝愛〟ではない。

「征司さんが電話で誰かに〝この結婚は計画通り〟と言っていたのを聞いてしまったんです。計画とはなんですか？　父の日記に征司さんと御子柴さんのことが書かれていました。ふたりはとても優秀な生徒だと。父の教え子だったんですね？　私がフォーレンハイトに入れたのも恩師の娘だから？」

「電話での話は説明する。まず、沙耶が栗花落《つゆり》教授の娘だということは最初からわかっていた。珍しい名字だからな。履歴書ですぐにわかった」

「私は父の娘だからここに入れたんですよね？」

征司さんは眉根を寄せて首を左右に振る。

「いや、違う。君はほかの新入社員同様、しっかり試験と面接で入社したんだ」

「本当に……？」

「ああ。本当だ。仕事も満足以上にやれているじゃないか」

しっかりとうなずく征司さんの様子から本心で言ってくれていると悟り、ホッと胸をなで下ろした。

「よかったです。縁故で入ったとしたら、落ちた人たちに申し訳ありませんから」

「俺が栗花落《つゆり》教授の生徒だったことは隠すつもりはなかったが、まさに今沙耶が懸念したように思ってほしくなかったからだ」

「離婚しなければと思ったのは、父から私を頼まれていて、恩があって結婚して私を助けたのだと推測したんです。征司さんがお祖父様に早く結婚をするように迫られていた理由もありますが。でも、あなたに心から愛する人ができたらどうしようって……私は愛しているから身を切られるように苦しくて。それならもっともっと愛してしまう前に別れた方がいいと。あなたは私を愛していないのだから」

泣きそうだった。この話が終わったら、離婚は決定的になる。

「なにを言っているんだ？」

征司さんはぶっきらぼうに言い放ち、腰を上げて私の隣に座る。そして次の瞬間、驚く間もなく私は彼の膝の上に座らされていた。

「何度も何度も愛していると言っていたはずだ。どうして俺が沙耶を愛していないと思ったんだ？」

「え？　言われた覚えは……」

征司さんは私を愛している？

「沙耶を愛したいと言ってる。抱いているときも、何度も」

「そ、それは言葉のあやだと……」

「俺は結婚する前から君を愛していた。だが、それを表に出すと警戒されると考えたんだ。沙耶があの男と結婚すると知ったとき、何度も頭を殴られたくらい打ちのめされたよ」

「本……当に？」

「バカだな。愛していない女にこんなに触れていたいとは思わない」

大きな手のひらが頬を包み、引き寄せられて唇が重ねられる。

「実にあのときは焦った。それは池田も知っている」

「池田さんが？」

「ああ。池田に聞いたら、俺が以前から沙耶を好きだったことを話してくれるだろう。〝この結婚は計画通り〟というのは、俺が君をいかにして妻にしたかを絢斗に話していたからだ」

征司さんは自虐的な笑みを浮かべる。

「これで誤解は解けたよな？」

「……離婚届はシュレッダーにかけます」

「よろしい」

お互いが笑みを深め合ったとき、膝に座ったままの私を抱えたまま立ち上がった。

「愛している。出張中、沙耶不足で苦しかった。途中で切り上げてここに戻れたのは、亜理紗ちゃんのおかげだな」

「まさか亜理紗が電話をかけるとは思ってもみなくて……。仕事中だったのにごめんなさい」

「愛くるしい義妹だよ」

もう一度唇が甘く塞がれた。


その週の土曜日の正午、わが家はにぎやかな時間を過ごしていた。

お父さんの教え子である御子柴絢斗さんと奥様の澪緒《みお》さん、去年十月に生まれた大翔《はると》君が遊びに来てくれたのだ。

御子柴さんは征司さんと同様に驚くくらい整った顔の持ち主で、澪緒さんは明るく綺麗な女性。息子の大翔君は生後八カ月に入ったところで、お座りをしてニコニコと笑顔を振りまいているとってもかわいい赤ちゃんだ。あやすとケタケタ笑ってくれ、私の母性はくすぐられる。

御子柴さんは征司さんが〝この結婚は計画通り〟と電話で言った相手だ。私が祐輔さんに別れを告げられたお店で見かけた、着物姿の男性だったように思える。

今はラフなシャツとグレーのスラックス姿だけど、艶のある人で、澪緒さんと大翔君にこの上ない甘い笑みを向けるのを目にすると、ドキッとしてしまうくらい絵になる家族だ。

征司さんと御子柴さんは、大学卒業を前に父と飲みに行く機会があって、君たちのような優秀な青年が娘の夫になってくれたら幸せなのにと言われたらしい。

「お父さんが……？　その頃、私は中学生だったのに」

あきれてクスッと笑うと、大翔君を抱いた澪緒さんが口を開く。

「征司さんが夫になって、今頃、天国の沙耶さんのお父さんは喜んでいるわね」

「俺たちも栗花落《つゆり》教授の話を真に受けてはいなかった。だが、沙耶は偶然うちに入社した。きっと栗花落《つゆり》教授が差し向けてくれたのだと思う」

「俺もそう思うよ。そうだ、澪緒。着物を」

「あ、忘れていたわ」

御子柴さんに愛息子を抱かせた澪緒さんは、リビングの端に置いてあった持参した四角いカバンを私のところに持ってきてファスナーを開けた。

「訪問着なの。沙耶さんへの結婚プレゼントよ。海外でのパーティーにも着られると思って」

桜色の御所車《ごしょぐるま》などの古典的な柄の訪問着を、澪緒さんが広げて見せる。

「わあ、ありがとうございます！　習いに行かなきゃ」

「よかったら私が教えるわ。私も御子柴に入るまで全然着られなかったの」

「沙耶さん、これから澪緒に着せてもらって見せてくれないか？　征司が喜ぶよ」

御子柴さんに「な？」と同意を求められた征司さんは「ああ。是が非でも見たい」と笑う。

別の部屋で澪緒さんが手際よく訪問着を着せてくれた。

「いいわ〜、似合ってる。沙耶さんの雰囲気と桜色がピッタリだわ。主人が選んだの。以前チラッと見たとかで」

やはりバーラウンジにいたのは御子柴さんだったようだ。

「素敵なお着物、ありがとうございました」

無駄のない動きで着付ける姿はさすが呉服屋の女将さんだ。

「何回か着れば覚えるわ。私はかなりのスパルタで覚えさせられたの」

茶目っ気たっぷりに話す彼女に「え？　スパルタ？」と驚く。

「LAで育った私にはまったくちんぷんかんぷんだったわ。ふふっ、さてと、旦那様に見せてあげなきゃね」

澪緒さんは私の髪の毛も軽くアップにしてくれたので、鏡の前で自分の姿を確認すると、襟足のところまで綺麗に見える。

足袋を履いた足でリビングルームへ戻る。

「沙耶さん、着替えましたよ～」

大翔君をあやしていた征司さんは、澪緒さんの声でこちらを向いた。

「想像はしていたが、よく似合っている。着物の選択も素晴らしい。さすが『御子柴屋』だ」

征司さんがソファから立ち上がり、私のもとへやって来る。

「綺麗ですよ。沙耶さん、栗花落《つゆり》教授に目もとが似ていますね」

御子柴さんにも褒められて、頬が熱くなっていく。

「着物姿もいいな。いくつか揃えよう。絢斗、近いうち御子柴屋へ行くよ」

「最高の着物を揃えておく」

「え？　さ、最高じゃなくていいですっ」

この着物もきっと高額に違いない。

「沙耶さん、大丈夫ですよ。征司には最高の着物を好きなだけ買える財力があるから」

「そうやって持ち上げて購入させる気だな」

征司さんが御子柴さんに不敵な笑みを向ける。

「ゆくゆくは世界のフォーレンハイト社の本社ＣＥＯになるんだ。問題ない」

御子柴さんも楽しそうに断言し、本当に仲のよさがうかがえた。

地下駐車場まで御子柴一家を見送って、部屋に戻ってきた。

訪問着姿を見せた後、澪緒さんに着物の畳み方などを教わり、次回会う約束もした。

「征司さん」

にっこり笑顔で彼に抱きつく。

「今日は大学時代の征司さんを垣間見られた気がして楽しかったです。お父さんを知っている御子柴さんや、優しくて明るい澪緒さんとかわいい大翔君にも会えて」

顔を上げた私の鼻にちゅっと唇が触れる。

「大翔君に母性本能がくすぐられました」

「かわいかったな」

「はい。……私、お母さんになる資格あると思いますか？」

私と亜理紗を捨てた母を思い出してしまった。もう連絡も取っていないし、どこにいるかもわからないが、元気でいればいいと思う。

「女性には誰だってその資格がある。どうした？　沙耶は亜理紗ちゃんを立派に育てただろう？　なりたいのならいつでも手伝うよ。俺も父親になりたい」

「ふふっ、意見が一致しましたね」

征司さんの輪郭がぼやけるくらいに近づき、唇が甘く食まれてから抱き上げられる。

「幸せな家庭を築こう」

「はい。征司さん、よろしくお願いいたします」

彼の首に回した手を引き寄せて、自分から唇を重ねた。

END

あとがき

こんにちは。このたびは『冷徹富豪のCEOは純真秘書に甘美な溺愛を放つ』をお手に取ってくださりありがとうございました。

今回のキーワードは〝栗花落《つゆり》〟です。CEOであるヒーローが気づきそうな、珍しい名字を探していたときに、ひと目で気に入って決めました。

わが家に栗の木がありますが、実際の栗の花は綺麗ではないと思っています。栗の木の下に車を止めていて、花が落ちるとフロントガラスにいっぱい付着したところがちょっと虫にも見えます。でも、漢字にはとても惹かれます。

さて作品のことを少し。前々から沙耶に好意があった征司ですが、初めて祐輔との婚約を知らされたときの心中は穏やかではありませんでした。

意気消沈する征司をそばで見ていたのは第一秘書の池田です。征司は沙耶が幸せならと、自分に言い聞かせますが、偶然居合わせてチャンス到来。

ふたりの結婚を一番喜んだのは池田かもしれません。(笑)

実はベリーズ文庫が十歳を過ぎました！（パチパチパチ）

二〇一三年の四月、ベリーズ文庫は三冊のラインナップで創刊しました。その中に拙作『君のための嘘』がありました。まる十年間、ベリーズ文庫の一作家として書き続けられたことに私自身驚いています。

ひとえに、応援してくださる読者様とスターツ出版様、そして編集様や編集協力者様のおかげです。この十年間、たくさんの素敵な編集者様に出会えました。

今日から十一年目ですね。ベリーズ文庫のますますのご発展をお祈り申し上げます。ベリーズ文庫のファンがこれからも増えますように。

最後に、この作品にご尽力いただいたスターツ出版の皆様、担当の篠原様、八角様、いつもありがとうございます。素敵なふたりを描いてくださりました茉莉花先生、ありがとうございました。デザインを担当してくださいました尾関様、この本に携わってくださいましたすべての皆様に感謝申し上げます。

二〇二三年四月吉日

若菜《わかな》モモ

若菜モモ先生への
ファンレターのあて先

〒104-0031
東京都中央区京橋1-3-1
八重洲口大栄ビル7F
スターツ出版株式会社　書籍編集部　気付

若菜モモ先生

本書へのご意見をお聞かせください

お買い上げいただき、ありがとうございます。
今後の編集の参考にさせていただきますので、
アンケートにお答えいただければ幸いです。

下記URLまたはQRコードから
アンケートページへお入りください。
https://www.berrys-cafe.jp/static/etc/bb

ベリーズ文庫

冷徹富豪のCEOは純真秘書に甘美な溺愛を放つ

2023年4月10日　初版第1刷発行

著　　者　若菜モモ

発 行 人　菊地修一
デザイン　カバー　ナルティス
　　　　　フォーマット　hive & co.,ltd.
校　　正　株式会社文字工房燦光
編集協力　八角さやか
編　　集　篠原恵里奈
発 行 所　スターツ出版株式会社
　　　　　〒104-0031
　　　　　東京都中央区京橋1-3-1　八重洲口大栄ビル7F
　　　　　TEL　出版マーケティンググループ　03-6202-0386
　　　　　（ご注文等に関するお問い合わせ）
　　　　　URL　https://starts-pub.jp/
印 刷 所　大日本印刷株式会社

Printed in Japan

乱丁・落丁などの不良品はお取替えいたします。
上記出版マーケティンググループまでお問い合わせください。
定価はカバーに記載されています。

ISBN 978-4-8137-1415-6　C0193

ベリーズ文庫 2023年4月発売

『孤高の御曹司は授かり妻を絶え間なく求め愛でる【財閥御曹司シリーズ黒凪家編】』 葉月《はづき》りゅう・著

幼い頃に両親を事故で亡くした深春は、叔父夫婦のもとで家政婦のように扱われていた。ある日家にやってきた財閥一族の御曹司・奏飛に事情を知られると、「俺が幸せにしてみせる」と突然求婚されて!? 始まった結婚生活は予想外の溺愛の連続。奏飛に甘く溶かし尽くされた深春は、やがて愛の証を宿して…。

ISBN 978-4-8137-1414-9／定価726円（本体660円＋税10%）

『冷徹富豪のCEOは純真秘書に甘美な溺愛を放つ』 若菜《わかな》モモ・著

自動車メーカーで秘書として働く沙耶は、亡き父に代わり妹の学費を工面するのに困っていた。結婚予定だった相手からも婚約破棄され孤独を感じていた時、勤め先のCEO・征司に契約結婚を持ちかけられて…!? 夫となった征司は、仕事中とは違う甘い態度で沙耶をたっぷり溺愛! ウブな沙耶は陥落寸前で…。

ISBN 978-4-8137-1415-6／定価726円（本体660円＋税10%）

『愛はないけれど、エリート外交官に今夜抱かれます～御曹司の激情に溶かされる愛育婚～』 紅《くれない》 カオル・著

両親が離婚したトラウマから恋愛を遠ざけてきた南。恋はまっぴらだけど子供に憧れを持つ彼女に、エリート外交官で幼なじみの碧唯は「友情結婚」を提案! 友情なら気持ちが変わることなく穏やかな家庭を築けるかもと承諾するも――まるで本当の恋人のように南を甘く優しく抱く碧唯に、次第に溶かされていき…。

ISBN 978-4-8137-1416-3／定価726円（本体660円＋税10%）

『だって、君は俺の妻だから～クールな御曹司は雇われ妻を生涯愛し抜く～』 黒乃《くろの》 梓《あずさ》・著

OLの瑠衣はお見舞いで訪れた病院で、大企業の御曹司・久弥と出会う。最低な第一印象だったが、後日偶然、再会。瑠衣の母親が闘病していることを知ると、手術費を出す代わりに契約結婚を提案してきて…。苦渋の決断で彼の契約妻になった瑠衣。いつしか本物の愛を注ぐ久弥に、瑠衣の心は乱されていき…。

ISBN 978-4-8137-1417-0／定価726円（本体660円＋税10%）

『愛してるけど、許されない恋【ベリーズ文庫極上アンソロジー】』

ベリーズ文庫初となる「不倫」をテーマにしたアンソロジーが登場! 西ナナヲの書き下ろし新作『The Color of Love』に加え、ベリーズカフェ短編小説コンテスト受賞者3名（白山小梅、桜居かのん、鳴月齋）による、とろけるほど甘く切ない禁断の恋を描いた4作品を収録。

ISBN 978-4-8137-1418-7／定価748円（本体680円＋税10%）

ベリーズ文庫 2023年4月発売

『8度目の人生、嫌われていたはずの王太子殿下の溺愛ルートにはまりました～お飾り側妃なのでどうぞお構いなく～3』 坂野真夢《さかのまむ》・著

敵国の王太子だったオスニエルの正妃となり、双子の子宝にも恵まれ最高に幸せな日々を送るフィオナ。出産から10年後――フィオナは第三子をご懐妊！ 双子のアイラとオリバーは両親の愛情をたっぷり受け逞しく成長するも、とんでもないハプニングを巻き起こしてしまい…。もふもふ達が大活躍の最終巻！

ISBN 978-4-8137-1419-4／定価748円（本体680円＋税10%）

ベリーズ文庫 2023年5月発売予定

Now Printing

『【財閥御曹司シリーズ】第二弾』玉紀直《たまきなお》・著

倒産寸前の企業の社長令嬢・澪は、ある日トラブルに巻き込まれそうになっていたところを、西園寺財閥の御曹司・魁成に助けられる。事情を知った彼は、澪に契約結婚を提案。家族を救うために愛のない結婚を決めた澪だが、強引ながらも甘い魁成の態度に心を乱されていき…。【財閥御曹司シリーズ】第二弾！

ISBN 978-4-8137-1426-2／予価660円（本体600円＋税10%）

Now Printing

『エリート救急医は不遇の契約妻への情愛を滾らせる』佐倉伊織《さくらいおり》・著

車に轢かれそうになっていた子どもを助け大ケガを負った和奏は、偶然その場に居合わせた救急医・皓河に処置される。退院後、ひょんなことから和奏がストーカー被害に遭っていることを知った皓河は彼女を自宅に連れ帰り、契約結婚を提案してきて…!?　佐倉伊織による2カ月連続刊行シリーズの第一弾！

ISBN 978-4-8137-1427-9／予価660円（本体600円＋税10%）

Now Printing

『魅惑な副操縦士の固執求愛に抗えない』水守恵蓮《みずもりえれん》・著

航空整備士をしている芽唯は仕事一筋で恋から遠ざかっていた。ある日友人に騙されていった合コンでどこかミステリアスなパイロット・愁生と出会い、酔った勢いでホテルへ…！さらに、芽唯の弱みを握った彼は「条件がある。俺の女になれ」と爆弾発言。以降、なぜか構ってくる彼に芽唯は翻弄されていき…。

ISBN 978-4-8137-1428-6／予価660円（本体600円＋税10%）

Now Printing

『国際弁護士と切甘懐妊契約婚～愛してるから、妊娠するわけにはいきません～』蓮美《はすみ》ちま・著

弁護士事務所を営む父から、エリート国際弁護士・大和との結婚を提案された瑠衣。自分との結婚など彼は断るだろうと思うも、大和は即日プロポーズ！　交際0日で跡継ぎ目的の結婚が決まり…!?　迎えた初夜、大和は愛しいものを扱うように瑠衣を甘く抱き尽くす。彼の予想外の溺愛に身も心も溶かされて…。

ISBN 978-4-8137-1429-3／予価660円（本体600円＋税10%）

Now Printing

『きっとキミは、運命の人～記憶を失ったはずなのに、溢れる想いは止められない～』田崎《たさき》くるみ・著

恋愛経験ゼロの萌は、運命的な出会いをした御曹司の遼生と結婚を前提に付き合うことに。幸せな日々を過ごしていたが、とある事情から別れることになり、やがて妊娠が発覚！　密かに娘を産み育てていたら、ある日突然彼が目の前に現れて!?　失われた時間を埋めるように、遼生の底なしの愛に包まれていき…。

ISBN 978-4-8137-1430-9／予価660円（本体600円＋税10%）

タイトル、価格等は変更になることがございますのでご了承ください。

ベリーズ文庫 2023年5月発売予定

Now Printing

『恋のライバルはイケメン揃いの四精霊!?敵国王子は守護精霊の加護持ち側妃に熱烈求愛中です!』 友野紅子《とものこうこ》・著

精霊使いの能力のせいで“呪われた王女”と呼ばれるエミリア。母国が戦争に負け、敵国王太子・ジークの側妃として嫁ぐことに。事実上の人質のはずが、なぜか予想に反した好待遇で迎えられる。しかもジークはエミリアを甘く溺愛！ジークを警戒した4人のイケメン精霊達は彼にイタズラを仕掛けてしまい…!?

ISBN 978-4-8137-1431-6／予価660円（本体600円＋税10%）

タイトル、価格等は変更になることがございますのでご了承ください。